八千里路云和月
——丝绸之路诗词歌赋

马立伟 著

中国出版集团　现代出版社

图书在版编目（CIP）数据

八千里路云和月：丝绸之路诗词歌赋 / 马立伟著
. —北京：现代出版社，2022.11
　ISBN 978-7-5231-0084-4

　Ⅰ.①八… Ⅱ.①马… Ⅲ.①诗词—作品集—中国—当代②赋—作品集—中国—当代 Ⅳ.① I227

中国版本图书馆 CIP 数据核字 (2022) 第 227357 号

八千里路云和月：丝绸之路诗词歌赋

著　　者：	马立伟
责任编辑：	毕椿岚
出版发行：	现代出版社
地　　址：	北京市安定门外安华里 504 号
邮　　编：	100011
电　　话：	010-64267325　010-64245264（兼传真）
网　　址：	www.1980xd.com
印　　刷：	北京建宏印刷有限公司
开　　本：	710mm×1000mm　1/16
印　　张：	12.5
版　　次：	2022 年 11 月第 1 版　2023 年 1 月第 1 次印刷
书　　号：	ISBN 978-7-5231-0084-4
定　　价：	78.00 元

版权所有，翻印必究；未经许可，不得转载

目录
CONTENTS

前　　序 1

卷 首 语——"丝路"花语 5

古代卷　"呦呦鹿鸣" 1

  第一章　蚕神屡化作仙歌——上古蚕桑 1

  第二章　沃野桑田唤细葛——先秦初曙 6

  第三章　彩丝茸茸香拂拂——秦声悠远 36

  第四章　柔丝滑杼白绸缪——汉风丝韵 43

  第五章　丝霞万匹敕勒歌——魏晋胡风 83

  第六章　长风万里玉门关——隋唐锦绣 95

  第七章　"月明羌笛戍楼间"——宋元清晏 112

  第八章　"璀璨晶光射云汉"——明清优昙 121

当代卷　丝路花语 131
　第一章　政通人和谱新篇——为政篇 132
　第二章　经济发展奔小康——经济篇 149
　第三章　文化昌盛促繁荣——文化篇 153
　第四章　河山壮丽书锦绣——山水篇 165
　第五章　朝花夕拾春光好——杂咏篇 175

参考文献 183
后　　记 186

前　序

  2013年7月，习近平总书记提出"一带一路"的倡议，2014年6月22日，我国与哈萨克斯坦、吉尔吉斯斯坦三国联合申报的陆上丝绸之路的东段"丝绸之路：长安－天山廊道的路网"成功申报为世界文化遗产，成为首例跨国合作而成功申遗的项目。

  "一带一路"（The Belt and Road，缩写B&R）是"丝绸之路经济带"和"21世纪海上丝绸之路"的简称，是指依靠中国与有关国家既有的双多边机制，借助既有的、行之有效的区域合作平台，借用中国古代丝绸之路的历史符号，高举和平发展的旗帜，积极发展与沿线国家的经济合作伙伴关系，共同打造政治互信、经济融合、文化包容的利益共同体、命运共同体和责任共同体。

  2015年3月28日，国家发展改革委、外交部、商务部联合发布了《推动共建丝绸之路经济带和21世纪海上丝绸之路的愿景与行动》。"一带一路"经济区开放后，承包工程项目突破3000个。2015年，中国企业共对"一带一路"相关的49个国家进行了直接投资，投资额同比增长18.2%。2015年，中国承接"一带一路"相关国家服务外包合同金额178.3亿美元，执行金额121.5亿美元，同比分别增长42.6%和23.45%。2016年6月底，中欧班列累计开行1881列，其中回程502列，实现进出口贸易总额 170 亿美元。2019 年 3 月 23 日，中意签署"一带一路"备忘录①。当前，"一带一路经济带"又成为我国经济发展与文化繁荣的新的增长点，这不仅是以史为鉴、古为今用的极好体现，而且也为促进经济带上各国人民之间的友好往来和文化交流提供了前所未有的机遇。作为一名文博工作者和诗词爱好者，笔者希望能够把握这一良好的历史契机，以史诗的形式描述古代丝绸之路与当前"一带一路"的发展演变的过程，展望未来美好的愿景。

"丝绸之路"是始于古代中国，连接亚洲、非洲和欧洲的古代路上商业贸易路线。狭义的丝绸之路一般指陆上丝绸之路。广义上讲又分为陆上丝绸之路和海上丝绸之路。"陆上丝绸之路"是连接中国腹地与欧洲诸地的陆上商业贸易通道，形成于公元前 2 世纪与公元 1 世纪间，直至 16 世纪仍保留使用，是一条东方与西方之间经济、政治、文化进行交流的主要道路。汉武帝派张骞出使西域形成其基本干道。它以西汉时期长安为起点（东汉时为洛阳），经河西走廊到敦煌。从敦煌起分为南北两路：南路从敦煌经楼兰、于阗、莎车，穿越葱岭今帕米尔到大月氏、安息，往西到达条支、大秦；北路从敦煌到交河、龟兹、疏勒，穿越葱岭到大宛，往西经安息到达大秦。它的最初作用是运输中国古代出产的丝绸。因此，当德国地理学家李希霍芬（Ferdinand Freiherr von Richthofen）最早在 19 世纪 70 年代将之命名为"丝绸之路"后，即被广泛接受。

"海上丝绸之路"是古代中国与外国交通贸易和文化交往的海上通道，该路主要以南海为中心，所以又称南海丝绸之路。海上丝绸之路形成于秦汉时期，兴于三国至隋朝时期，繁荣于唐宋时期，转变于明清时期，是已知的最为古老的海上航线②。

本书是一部旨在以诗词曲赋为主流艺术形式，以历史文献资料、考

---

① 参照百度百科网站资料，网址：https://baike.baidu.com/item/ 一带一路 /
② 参照百度百科网站资料，网址：https://baike.baidu.com/item/

古发掘成果、相关文物藏品、遗存遗迹等为撰写依据，以历史断代体例为脉络的、讴歌我国古代历史上的"丝绸之路"和古为今用的"一带一路"政策这一人类历史与现实交融的伟大创举的作品。

本书在结构上共分为两个部分，即古代卷和当代卷。古代卷主要描写从先秦到清代的"丝绸之路"的发展历程。该卷按照历史时期分为八个章节，包括上古时期、先秦时期、秦汉时期、魏晋南北朝时期、隋唐时期、宋元时期和明清时期的丝绸之路；当代卷主要以当今美好中国与"一带一路"政策相关的现实内容为题材，赞颂当前党和国家根据"丝绸之路"这一历史史实所实行的"一带一路"倡议，突出其对我国社会政治、经济、文化、教育、民生等方面的发展的贡献和已取得的伟大成就。该卷共分为五章，包括为政篇、经济篇、文化篇、山水篇和杂咏篇。

在体例上，本书主要采用与每个历史时期相对应的诗词题材和形式来反映和描写史实，在古代卷里的主流题材是参照平水韵、词林正韵和元曲曲谱等写作手法，撰写了古体诗词（不拘平仄）和今体诗。诗词类型包括律诗、绝句、古风、排律、杂言诗、民谣和散曲等，如描写先秦时期"丝绸之路"的历史时采用了先秦诗词的诗歌体例，如上古的《卿云歌》《麦秀歌》《诗经》《九歌》和《离骚》等；描写秦朝的相关事实则用三秦民谣；描写汉代"丝绸之路"的历史时采用汉赋和汉乐府诗等形式，描写魏晋南北朝时期的历史采用南北朝民歌和乐府体裁，而描写唐宋"丝绸之路"的历史时则采用唐诗宋词，元代自然是用散曲。在现代卷里则交互采用今体诗和现代诗歌的方式，以达到令读者身临其境、表现诗词的时代特色的目的，并配有相关图片（图片基本采用百科百度网站资料），以期图文并茂，凸显时光的穿越感与历史的画面感。

在时间和空间安排上，本书以社会历史发展时期为主干，以丝绸之路的史实和地理空间为模块，将其类型化，力图囊括陆上丝绸之路、海上丝绸之路和草原丝绸之路的内容，择取主要的或典型的历史事件与历史人物为刻画对象。

在风格上，本书尽量突破格律对抒发情感方面的限制，用相应的历史事件对应诗词内容，如描写"箕子回故里"的情境时，就考虑用描写这一史实的《麦秀歌》为主题，尽量突出历史的画面感和诗词的动态感，表现人物的思想、情感和境界，力图还原历史的真实性和本真面貌。

在创作手法上运用适度夸张、合理渲染、艺术加工等方式，以期使历史的厚重性和诗词的艺术性加以结合。在结构遣词上，使用了"引首"这一书法艺术的术语，以此作为每个部分的开篇概述，以说明"丝绸之路"仿佛是一部博大精深、浩繁深沉的历史画卷，慢慢地展现在人们眼前，旨在给人们以心灵的陶冶、以智慧的灵光、以厚积薄发的勇气！激发人们热爱祖国优秀传统文化的高尚情操和审美视野，以及热爱当今中国的美好生活和锦绣河山的爱国主义精神和文化自信。

卷首语——"丝路"花语

　　春花烂漫的时节里，你是"太液芙蓉"未央宫中舞动着的霓裳羽衣；烈日炎炎的骄阳里，你是"琵琶羌管"绿方洲中悠扬着的梦幻驼铃；秋风瑟瑟的山谷里，你是"长河落日"碧霄汉上翱翔着的雄劲苍鹰；孤雪素练的飞霜里，你是"萧关边塞"戈壁滩上震撼着的鼓角旌旗……你轻饮着晨曦清冽的甘露，荡漾着繁星点点的魂舟，沐浴着银辉皎洁的月轮，枕抱着碧波温柔的港湾，将时光幻化成纷纷飘坠的音符，凝结在历史的时空、洒落在浩瀚的苍穹，静静地诉说着那"秦时明月汉时关"的胡尘沙麓、那"博望初乘贯月槎"的大汉使者、那"葡萄美酒夜光杯"的琼楼玉宇、那"万国衣冠拜冕旒"的开元盛世、那"蓦地飞仙降碧空"的敦煌仙姝、那"慈恩泽国开禅境"的兜率天庭。无论是绿绮飘香的茶马古道，还是珠光霞帔的尼雅织锦，无论是沧溟千里的地中海岸，还是美轮美奂的撒马尔罕，无论是风情万种的长安胡姬，还是含情脉脉的楼兰少女，似乎都在天际里萦绕着你的芳名——"丝绸之路"！

　　"丝绸之路"啊！你承载了千年的沧海桑田、度过了如许的风霜岁月、演绎了无数的人间传奇、描摹了绵延的万古画卷，却依然像鲜花一样缤纷绚丽、光彩夺目、风姿绰约！

　　"丝绸之路"啊！你倾情地传颂着多少历史的过往、缓缓地流淌着多少光阴的荏苒、款款地编织着多少世事的浮沉、悠悠地抒发着多少浪漫的情怀!

"丝绸之路"啊!你带给我们的是凝重深沉的注视、是流连忘返的驻足、是情不自禁的赞叹、是挥之不去的遐思、是璀璨瑰丽的奇葩、是无与伦比的美妙!

"丝绸之路"啊!让我用敬畏的心灵来赞美你吧!让我用优雅的辞藻来歌颂你吧!让我用真诚的言语来呼唤你吧!愿你伟大的思想、宽阔的胸襟、深厚的积淀和不变的情怀"与天地兮同寿","与日月兮同光",与世界寰宇同在,与吾国吾民同在!

古代卷　"呦呦鹿鸣"

第一章　蚕神屡化作仙歌——上古蚕桑

引首：中华民族的丝绸文化源远流长。在世界最古老的六大文明体系中，只有中国使用丝纤维织布，另外，我国四大发明中的造纸术和印刷术的发明也得益于丝绸的生产技术[1]，这也是丝绸之路形成的重要起因之一。而蚕桑文化则是成就丝绸文化的源头肇端，迄今为止已有4000多年的历史，她那曼妙的"身影"在广袤的华夏大地上生根发芽，开花结果，孕育了长江流域和黄河流域的文明与智慧。在古代中国的农耕社会中，蚕耕治桑占有重要的地位，究其原因，可将其归结为人类社会的发展与文明进步。先民们用蚕丝桑麻织布为衣，使人类摆脱了"茹毛饮血、衣不蔽体"的原始蒙昧状态，进而上升为一种礼乐文化。正如荀况在《蚕赋》中所言："有物于此：兮其状，屡化如神，功被天下，为万世文。礼乐以成，贵贱以分。养老长幼，待之焉而后存。名号不美，与暴为邻。功立而身废，事成而家败。弃其耆老，收其后世。人属所利，飞鸟所害。臣愚而不识，请占之五泰。五泰占之曰：此夫身女好，而头马首者与？屡化而不寿者与？善壮而拙老者与？有父母而无牝牡者与？冬伏而夏游，食桑而吐丝，前乱而后治，夏生而恶暑，喜湿而恶雨。蛹以为母，蛾以为父，三俯三起，

---

[1] 林梅村.《丝绸之路考古十五讲》，北京大学出版社，2006年8月版，第5页。

事乃大已。夫是之谓蚕理。"而蚕桑文化成为上至君王、下至百姓需要顶礼膜拜和虔诚祭祀的神祇——蚕桑之神,这一方面表达了他们对天地万物、上苍神祇的敬意,另一方面也融入了对丰年硕果、美好生活的无限期冀。

一、《伏羲化蚕兴礼乐①》(仿《南风歌》体)

伏羲化蚕兮,可以作吾民之布兮。

伏羲丝桑兮,可以为吾民之瑟兮。

二、《神农耕蚕垂衣裳②》(仿神农《丰年歌》体)

神农教民耕蚕,做之布帛,治丝而衣。

为弦为歌,庆舞丰年。帝创纺织,始于斯焉。

三、《嫘祖栽桑蚕吐丝③》(仿黄帝时《弹歌》体)

种桑,

养蚕,

---

① 始制衣服,《皇图要览》:"伏羲化蚕。"《路史》注引《白氏六帖》:"伏羲作布。"老子《文字精诚篇》曰:"虙牺氏之王天下,枕石寝绳,杀秋约冬。"约就是结,杀秋约冬就是秋割葛麻之属,冬则为绳为布。始制乐器,《拾遗记》:伏羲"丝桑为瑟,均土为埙,礼乐于是兴矣。"《世本》:"伏羲作琴瑟。"《史记·封禅书》:"泰帝使素女鼓五十弦瑟,悲,帝禁不止,故破其瑟为二十五弦。"(参照百度百科网站资料,网址:http://baike.baidu.com/link)

② 《路史》说,神农"教之麻桑,以为布帛";《礼记·礼运篇》说,炎帝神农"治其丝麻,以为布帛";《庄子·盗跖》又云:"神农之世……耕而食,织而衣。"这些都是炎帝神农氏开创纺织、制作衣裳的真实记载。(参照百度百科网站资料,网址:http://baike.baidu.com/link)

③ 《黄帝内经》称:"黄帝斩蚩尤,蚕神献丝,及称织纴之功"这里所称蚕神即嫘祖。这条记载进一步表明中原在"蚕神献丝以前是没有蚕丝的。嫘祖是黄帝正妃,同女娲一样在诸多古籍中留下记载,说明嫘祖在新石器时代就是华夏民族一位了不起的女性。更说明嫘祖在嫁黄帝之前已发明了养蚕缫丝。在苏州祥福寺巷有一座嫘祖庙,是苏州丝织业祭祀祖师轩辕黄帝的寺庙"。(参照百度百科网站资料,网址:http://baike.baidu.com/link)

制锦，

抽丝。

四、《窈窕淑女妆笓篦①》（仿《击壤歌》体）

黄帝有女，

青丝有篦。

织经而纵，

纺线而直。

帝造织机神助哉！

五、《唐尧虞舜垂衣裳②》（仿尧时《康衢谣》体）

帝垂衣裳，

天下文昌。

陶纺嗡嗡，

葛纤丝丝。

---

① 传说天庭十二神兽襄助黄帝发明织布机是从黄帝的三女儿人称三姑娘头发上的笓篦受到启发，从而经线不再断。《中国丝绸文化》百度文库网站资料，网址：http://wenku.baidu.com/link?url

② 《易经·系辞》："黄帝、尧、舜垂衣裳而天下治。"所谓衣裳，便是指用麻丝织成布帛而缝制的衣服。这则记述反映的正是中国新石器时代纺织业诞生，麻、丝衣服开始出现并流行的真实情况。河南郑州青台遗址，距今约5500年。发现了粘附在红陶片、头盖骨上的苎麻、大麻布纹和丝帛残片，同出十多枚红陶纺轮。其中丝帛残片是迄今最早的丝织品实物。甘肃秦安大地湾下层文化出土的陶纺轮，表明原始的纺织业在西北地区新石器时代早期便已出现，距今已有8000年左右的历史。新石器时代中、晚期，原始纺织业开始呈现欣欣向荣、日新月异的大发展趋势。江苏吴县草鞋山遗址，距今约6000年。发现迄今最早的葛纤维纺织品，实物是用简单纱罗组织制作，经线以双股纱线合成的罗地葛布。证实了传说的"五帝"时代即新石器时代的确存在"夏日衣葛"的习俗。

六、《蚕衣轻盈浣溪沙①》（仿无名氏《候人歌》体）

茧白兮猗！

七、《丝帛绮丽缫丝长②》（仿无名氏《大唐歌》体）

丝帛绮丽，

纹路细密。

缫车嘈嘈，

练线缕缕。

八、《东海先声③》（仿《去鲁歌》体）

刳彼之木。

可以为舟。

剡彼之木。

可以为楫。

优哉游哉。

---

① 《候人歌》："候人兮猗。"这首民歌载于《吕氏春秋·音初篇》。整部作品只有四个字，其中的两个字还是语气助词，相当于现代汉语的"啊"和"呀"字。仅剩下的两个实词直白地道出了歌。1926 年，山西夏县西阴村仰韶文化遗址中发现经人工割裂过的"丝似的、半个茧壳"，这是迄今最早的蚕茧实物，距今约 5000 多年。河北正定南杨庄仰韶文化遗址，距今 5400 年，1980 年出土两件陶塑蚕蛹，这则是迄今最早的陶塑蚕蛹。1959 年江苏吴江梅堰良渚文化遗址出土黑陶纹饰上有"蚕纹"。

② 河南郑州青台遗址，距今约 5500 年。发现了粘附在红陶片、头盖骨上的苎麻、大麻布纹和丝帛残片，同出十多枚红陶纺轮。其中丝帛残片是迄今最早的丝织品实物。浙江吴兴钱山漾遗址，距今 4700 年。除发现多块麻纺织技术较草鞋山葛布先进的苎麻布残片外，还发现了丝带、丝绳和丝帛残片。从丝织品编织的密度、拈向、拈度情况看，钱山漾的缫丝、合股、加拈等丝织技术已具有相当的水平。（参照百度百科网站资料，网址：http://baike.baidu.com/link）

③ 据浙江萧山跨湖桥遗址出土的独木舟、河姆渡文化遗址的雕花木桨考证，至少在新石器时代（约 10000—4000 年前）我们的祖先就已经广泛使用独木舟和筏了，并以其非凡的勇气和智慧走向海洋，探索更多的生存资源，为我国的航海业奠定了基础。（引自"妈祖信仰与航标文化"，《珠江水运》，2013 年第 19 期第 34 页）

划桨出海。

九、《南海造舟》（仿屈原《九歌·礼魂》体）

沧海兮茫茫，

斧钺兮锵锵。

造我舟兮惠阳①，

铜鼓兮鸣响，

乘长风兮远航！

十、《番禺明珠》（仿《大唐歌》体）

番禺帛丝。百越珠玑。

楼船总总。旅民匆匆。

---

① 早在距今6000年左右，岭南先民已经利用独木舟在近海活动。距今5000～3000年期间，东江北岸近百公里的惠阳平原，已经形成以陶瓷为纽带的贸易交往圈，并通过水路将其影响扩大到沿海和海外岛屿。（引自"海上丝路最早可追溯到何时？"，《南方日报》，2014年7月9日版）通过对海船和出土陶器，以及有肩有段石器、铜鼓和铜钺的分布区域的研究得知，先秦时期的岭南先民已经穿梭于南中国海乃至南太平洋沿岸及其岛屿，其文化间接影响到印度洋沿岸及其岛屿。根据出土遗物以及结合古文献的研究表明，南越国已能制造25～30吨的木楼船，并与海外有了相当的交往。南越国的输出品主要是：漆器、丝织品、陶器和青铜器。输入品正如古文献所列举的"珠玑、犀（牛）、玳瑁、果、布之凑。"主要的贸易港口有番禺（今广州）和徐闻（今徐闻）。（引自"解码世界文化遗产'丝绸之路'的历史沿革"，新华网2014年6月25日版）

第二章　沃野桑田唤细葛——先秦初曙

引首："先秦初曙"主要描述先秦时期丝绸之路的萌芽阶段。包括夏商时期、西周时期、东周时期三个历史阶段的内容。这个事情虽然没有正史记载的大规模的丝绸之路，但民间的丝绸贸易和往来已经开始，海上丝绸之路从燕齐之地的东海求仙到百越番禺的陶瓷贸易之路，陆上丝绸之路的昆山寻玉到穆王西征的历史，都是可圈可点的历史题材，其中不乏成为佳话的史实。

一、机杼织作彻晨昏——夏、商锦绣

（一）《"倾宫"[①]乐女舞丝衣[②]》（仿无名氏《夏人歌》体）

桀荒淫兮，

---

① "倾宫"是夏桀筑造的宫殿。
② 《管子》中有一段用丝绸换谷子的记载。大意是：商朝初年，商朝名臣伊尹奉殷王命令去攻打夏朝最后的一个王桀时，了解到夏朝丝绸的消费量很大，桀荒淫无道，所养伎乐女竟有三万人，全都穿丝绸衣服。于是就用"毫〔bó博〕"这个地方的女工织的丝绸和刺绣品换回大量谷物粮食。这表明在商初已将丝织品作为商品来交换。《帝王世纪》："末喜（妹喜）好闻裂缯之声而笑，桀为发缯裂之，以顺适其意。"夏桀王为讨好妹喜而撕裂的缯，便是指丝织品之一种。《管子·轻重甲》："昔者桀之时，女乐三千人……无不服文绣衣裳者。"这种"文绣衣裳"，自然非丝织品而莫属，以此足见夏代丝织业之发达和丝织习俗之流行。（摘自赵翰生．《中国古代纺织与印染》，中国国际广播出版社，2010年版）

筑瑶台兮。

美女众兮。

皆著丝衣。

妹喜奢兮。

好闻"裂缯"①兮。

伊尹伐兮。

以丝帛易谷物。汤灭夏兮。

(二)《万国持帛飨诸侯②》(仿无名氏《涂山歌》体)

巍巍涂山，

河水滔滔。

禹合诸侯，

万国持帛。

(三)《桑麻日已长》③(仿《赓歌》体)

桑麻广哉！

葛布④薄哉！

夏人快哉！

---

① 指夏桀的宠妃，据说，妹喜爱听"裂缯之声"，夏桀就把缯帛撕裂，以博得她的欢笑。
② 《左传·哀公七年》："禹合诸侯于涂山，执玉帛者万国。"帛即丝织品，万国持有丝织品，其语虽未免有些夸大，但却反映了禹时及夏朝的丝织习俗的盛行。
③ 1960年，二里头遗址出土的一件铜铃上，粘附有一层纺织物痕迹，经发掘者观察认为是麻布痕迹。1980年，二里头遗址Ⅲ区发掘的二号墓中的一件玉圭，在刃部和顶端都粘附有麻布残迹。1981年，二里头遗址墓葬出土的兽面铜牌和一件铜铃上，也都发现麻布痕迹。
以上考古发现表明，夏代除了流行如文献传说的丝织业外，在社会的中、下层，恐怕主要是流行麻葛类纺织习俗。（参照百度百科网站资料，网址：http://baike.baidu.com/link）
④ 葛布又称夏布。

（四）《歌陌上玉蚕娘[①]》（仿《商颂·那》体）

阡陌青桑，植我东窗。

茧丝皓皓，纷纷叶香。

金帛玉蚕，扮我红妆[②]。

花绢锦绣，袅袅春阳。

占卜有辞，祭祀有祖。

我有罗绡，薄衣飞舞。

婀娜妩媚，缠绵鸳帏。

和谐琴瑟，恭谨有常。

素手成束，玉人蚕娘。

[①] 朝歌是商朝（约前 16 世纪—约前 11 世纪）都城，商代时，我国的蚕桑生产和丝织手工业有了进一步发展，并受到统治者的重视。考古工作者在商朝贵族的墓葬中，常常发现玉蚕和金蚕。商朝铜器的装饰花纹中，也有蚕的形象。商朝的甲骨文中还有蚕、桑、丝、帛等字。
丝织品不仅成为统治者日常生活中不可或缺的东西，而且还成为他们的殉葬品。考古工作者在洛阳等地商朝贵族的墓葬中，就曾发现了不少腐烂的丝织遗痕。在河南安阳还发现了商朝一个埋葬马车的车马坑。马车是当时大贵族的殉葬品之一，一般埋在坟墓的前面。这些殉葬的马车上面，覆盖着朱红色的布帛，由于年代久远，布帛已经腐烂，但它留在土中的残迹，还看得十分清楚。随着丝绸生产规模的日益扩大，生产技术也有了进步，发明了织花技术。这对人类的物质文化，是一个巨大的贡献。织花的丝绸也是在河南安阳一个商朝贵族的墓葬中发现的。这块织着回形几何花纹的绢子，包在一个铜钺上面。这种铜钺是死者生前用来作礼器的，死后用织花绢子包起来放入墓内作殉葬品，后来绢子腐烂，就在铜钺上留下了花绢腐蚀的残痕。此外，在故宫博物院，还保存着一把商代遗存下来的玉戈，这把玉戈也残留着几种丝织品的残迹。其中一处保留着清晰的雷纹绮的残痕。在奴隶社会，奴隶主过着奢华的生活，而创造丝绸的劳动大众，却过着牛马不如的生活，劳动人民被当作会说话的工具，可以随便杀戮或出卖，据周代（约前 11 世纪—前 770 年）曶鼎的铭文记载，用一束丝一匹马，就可以交换五个奴隶，说明奴隶主阶级对劳动人民的统治是非常残酷的。（摘自陈云鸾．"解开曶鼎的哑谜——曶鼎综合评释与今译"，《海南师范学院学报》1989 年第 2 期）

[②] 商周时期种桑养蚕较为普遍，墓葬多有出土，是为了防止人的精气外泄，作为葬玉使用，蚕口处多有圆孔，用于穿绳佩戴。（参照百度百科网站资料，网址：http://baike.baidu.com/link）

（五）《花团锦簇锁琳琅①》（仿《商颂·玄鸟》体）

金针引线，玉指翻飞，螺蚕锁锦绣。套扣轻蕊丝，提花绿杨柳。

纵纬横经，描龙画凤。盘枝垂莲，勾连辫股，朱砂染蓬瀛。平纹催趁追影逐风。

妇好将军，驰骋沙场。受命祭天，酒觯琳琅，绫绢裹羽殇。纨縠罗绮②，丝光盈盈。剪裁缟素。脉脉著春衣，一片云青。

（六）《甲骨桑蚕留岁痕③》（仿帝辛《塘上行》体）

其枝何盘盘。

蚕能食田叶，

日夜吐芳阑。

素丝累于寸，

留取云锦连。

燕乐闻丝竹，

行歌羽觞酬。

万千相思意，

---

① 古代汉族刺绣传统针法之一。由绣线环圈锁套而成，绣纹效果似一根锁链，故名。因其外观呈辫子形，故俗称"辫子股针"。河南安阳殷墟妇好墓出土的铜觯，上附有菱形绣残迹，其绣纹为锁绣针法。湖北马山一号楚墓出土的21件绣品，湖南长沙马王堆一号汉墓出土的各种绣件，均为锁绣针法。新疆等地出土的各类东汉刺绣，主要仍用锁绣法。锁绣是我国自商至汉刺绣上的一种主要针法。锁绣较结实、均匀。一般的针法组织：以并列的等长线条，针针扣套而成。绣法：第一针在纹样的根端起针，落针于起针近旁，落针时将线兜成圈形。第二针在线圈中间起针，两针之间距离约半市分，随即将第一个圈拉紧，以后类推。并利用朱砂进行染色。此时还出现平纹提花织物和绞经织物。（摘自百度百科网络资料，网址：https://zhidao.baidu.com/question/）

② 1970年，河北藁城台西村商代中期遗址出土的铜器上的丝织物残痕表明，当时已经有简单的纨、縠、罗、绮等纹饰。

③ 商代的丝织，在殷墟出土的甲骨文记录中，已有充分的反映。甲骨文已见桑、蚕、丝等字，桑字如桑树的象形，商代已种植桑树，"桑"刻甲骨上。

聊寄琴瑟弦。

（七）《锦绣花绮被殿堂①》（仿伯夷、叔齐《采薇歌》体）

登彼显庆兮，

惊其美矣。

殷纣奢靡兮，

宠幸妲己矣。

锦绣被堂罗花绮兮，

绨、纻可辅矣。

伎乐舞兮，

衣绫纨矣。

（八）《毛麻木棉织锦绣②》（仿无名氏《涂山歌》体）

纷纷木棉，

桑麻田田③。

色彩斑斓，

绒絮丝绢。

---

① 《说苑·反质》篇说：殷纣王"锦绣被堂……非惟锦绣、绨、纻之用邪！"《帝王世纪》也说：殷纣王时"妇女衣绫纨者三百余人"。（参照百度百科网站资料，网址：http://baike.baidu.com/link）

② 商代的麻织，由于更具有广泛性、大众性，故其发达情况亦丝毫不逊于丝织。浙江河姆渡遗址发现的苘麻痕迹和纺车等，说明麻织业在中国渊源甚早。商代麻织品的发现，已见于北京平谷刘家河商代墓葬和河北藁城台西商代遗址等，这些发现共同表明，商代麻织的技术水平已达到一定的高度。商代的毛织，主要见于新疆哈密五堡遗址，该遗址出土的毛织品，有平、斜两种组织，并用色线编织成彩色条纹的罽，表明毛织技术已具一定水平，遗址年代在公元前13至前14世纪，距今约3200年，相当于商代晚期。河北藁城台西商代遗址也曾在麻织品的夹杂中发现一根羊毛，经鉴定属山羊绒。这些发现表明，中国毛织的技术与习俗，至少在商代便已出现。福建崇安武夷山船棺葬中曾出土有青灰色棉布，经鉴定是联核木棉。武夷山船棺葬的年代与前述新疆哈密五堡大略相同，故木棉纺织的技术与习俗据此而知，大约在商代晚期亦已发生。（摘自360个人图书馆资料，网址：http://www.360doc.cn）

③ "田田"指广袤。

（九）《绢丝绮丽织经纬①》（仿无名氏《涂山歌》体）

平纹经线，

菱花纬纱。

丝绢匣器，

雍容绮丽。

（十）《箕子东渡②》（仿屈原《九歌·国殇》体，后两句用《麦秀歌》体，为箕子归殷商时所吟诗）

烽火燃兮云飞扬，武王起兮伐暴商；

建宗法兮封诸王，拓井田兮治"成康"③；

箕子忠兮论兴亡，耻臣周兮往族邦；

引部众兮离故乡，自渤海兮赴东洋；

披星辰兮沐朝阳，涉激流兮破风浪

开阡陌兮扶农桑，兴手工兮设作坊；

传技艺兮养蚕忙，织葛布兮缫丝长；

广播种兮勤开荒，制"八律"兮复文昌；

百姓乐兮喜洋洋，颂君王兮同传唱：

"麦稻盈盈兮，浩浩汤汤。

---

① 1937年，瑞典学者西尔凡发现瑞典远东博物馆收藏的商代青铜容器和青铜钺的铜锈粘有丝织物痕迹，据她说，这是一种平纹地经线显菱形花纹的单色丝绸，并命名其为"商式组织"。这种丝绸就是中国古籍中所说的"绮"。（参照林梅村著《丝绸之路考古十五讲》，北京大学出版社，2006年8月版，第6页）

② 箕子朝鲜（公元前1122～前194年），商后，商朝遗臣箕子率五千商朝遗民东迁至今朝鲜半岛北部，联合扶余土著居民建立的"箕氏侯国"，被认为定都在大同江流域今平壤一带。这个国家在西汉时被燕国人卫满所灭。公元前3世纪末，箕子朝鲜历史上第一次有记载。在中国西汉历史学家司马迁的名著《史记》中记载，商代最后一个君王的伯父箕子在商末期，带着商代的礼仪和制度到了朝鲜半岛北部，被那里的人民推举为国君，并得到承认，史称"箕子朝鲜"。（引自百度文库网站资料，网址：http://baike.baidu.com/link?url）

③ "成康"指"成康之治"。

朝鲜鼎盛兮，名扬四方"。

（十一）《妇好遗珍[①]》（仿《击壤歌》体）

伏虎而威，降龙而行。

猎鹰而利，驾凤而鸣。

妇好将军勇武哉！

二、"隰桑有阿其叶幽"——西周罗绮

（一）《丝帛易奴[②]》（仿先秦无名氏《鸲鹆（音：渠玉）谣》体）

丝之帛之。

曶乃贵族。

丝帛之珍。

限有奴隶。

曶出求易。

丝帛绵绵。

骏马束丝。

限不得交。

以"挛"百易。

[①] 商王武丁妇好墓出土了大量玉器，大多是产自和田和昆仑山，说明当时商代已经与西土有联系，其中有玉虎、玉凤、玉鹰和猪龙等珍贵文物。（参照林梅村.《丝绸之路考古十五讲》，北京大学出版社，2006年8月版，第83页）

[②] 考古学和文字学中所说的金文是铸或刻在商、周青铜器上的铭文，内容多属于祀典、赐命、征伐、契约有关的记事，史料价值很高。有一段西周金文就记载了一件有关丝绸交换的故事。内容大意是：一个叫曶〔hū 忽〕的贵族，准备用一匹马和一束丝与一个叫限的贵族换五个奴隶。限嫌少，没成交，曶又改用货币："挛〔lǚ 吕〕"（一种货币）百去换，限还不同意，于是曶向井叔之处提出诉讼，井叔判曶胜诉。这个故事一方面告诉我们周代奴隶不值钱，可以任意买卖，另一方面也说明丝帛作为昂贵商品的流通，已日趋兴盛。（参照百度百科网站资料，网址：http://baike.baidu.com/link）

复不能交。

讼之井叔。

判智胜诉。

丝帛流通。

时已兴盛。

(二)《"百工"争艳丝织忙》(仿《诗经·小雅》体)

"国职有六"[①],

其一百工。

"居肆成事"[②],

其饬五材[③]。

"百工"有百,

其一"典丝"。

掌丝入贡,

其辨物别[④]。

颁发于工,

诸职自明。

"匡人"[⑤]煮练,

"染人"[⑥]着色。

---

① 《周礼考工记》记载:"国有六职,百工与居一焉。或坐而论道,或作而行之,或审曲面执,以饬五材,以辨民器,或通四方之珍异以资之,或饬力以长地财,或治丝麻以成之。"
② 《论语·子张》中有"百工居肆,以成其事"的记载。
③ 审曲面执,以饬五材,以辨民器。郑玄注:"此五材,金,木,皮,玉,土。"
④ 摘自赵德义.《中国历代官称辞典》,团结出版社,1999年1月版。
⑤ 周代官名。职掌巡行邦国,宣告法令和纠察邦治之官。(引自百度百科网站资料,网址: https://baike.baidu.com/item/)
⑥ 《周礼·天官·染人》:"染人,掌染丝帛。"(引自百度百科网站资料,网址: https://baike.baidu.com/item/)

"画缋"① 雕纹，

"典妇"② 司工。

礼仪为本，

丝业兴隆。

（三）《亲蚕礼仪③》（仿《诗经·小雅》体）

北郊有桑，其叶田田。

春花烂漫，其服娇艳。

皇后嫔妃，其仪恭谦。

三跪六肃，祭拜嫘先。

躬行采桑，蚕歌悠远。

择日缫丝，点染黄玄。

东瀛雄略，"给桑"亲蚕。

文明周礼，万古流传。

---

① 指在织物或服装上用调匀的颜料或染液进行描绘图案的方法，周代帝王服饰已使用。古代画缋技法常"草石并用"，即先用植物染液染底色，再用彩色矿物颜料描绘图案，最后用白颜料勾勒衬托。《考工记》："画缋之事，杂五色……后素功。"简要地叙述了这一过程。（引自百度百科网站资料，网址：https://baike.baidu.com/item/）

② 官名。《周礼》谓天官所属有典妇功，设中士二人、下士四人及府、史、工、贾、徒等人员。按照规定法式，把材料发给宫中妇女，从事纺织，并核定各人工作的成绩优劣。《周礼》在此官之下，尚有"典丝""典麻"二官，只设下士等人员，当系此官的属官。（引自百度百科网站资料，网址：https://baike.baidu.com/item/）

③ "亲蚕礼"是周代礼仪。由皇后所主持，率领众嫔妃祭拜蚕神嫘祖、并采桑喂蚕，以鼓励国人勤于纺织的礼仪，和由皇帝所主持的先农礼相对。透过这样的仪式，不但有奖励农桑之意，也清楚界定男耕女织的工作区分，自周代以后，历代多沿袭奉行。根据《周礼》，隋唐两宋皆以鞠衣为皇后亲蚕服。日本自雄略天皇开始行后妃亲蚕礼，明治以后亲蚕礼得到振兴。先蚕祠又名蚕花殿或蚕王殿，位于盛泽镇五龙路口。清道光年间盛泽丝业商人公建，已经有170余年历史。我国向有祭祀祖先和行业祖师的优良传统。（引自百度百科网站资料，网址：https://baike.baidu.com/item/亲蚕礼）

(四)《布帛之礼①》(仿先秦无名氏《宋城者讴》体)

广二尺,

长四丈。

布幅帛匹。

自有规格。

纳贡有罪。

兜卖受禁。

王道礼章。

(五)《丝丝细葛载玄黄②》(仿无名氏《大唐歌》体)

细葛轻柔,

褐衣温暖。

著彼绮裳,

载舞翩翩。

(六)《玉蚕栩栩质高洁③》(仿无名氏《大唐歌》体)

青白玉虫,

晶莹圆润。

枝节灵动,

---

① 《汉书·食货志》载:周初,姜尚建议建立布帛的规格制度,规定"布帛广二尺二寸为幅,长四丈为匹"。《礼记·王制》也提到了制定布帛制度的意义,并且强调凡是不符合规定长度和幅宽的产品,不能用它纳贡和上市售卖。(引自"中国古代丝织技术",360个人图书馆网站资料,网址:http://www.360doc.com/content/)

② 考古发掘所见的西周纺织资料,主要有陕西宝鸡茹家庄西周墓出土的弓鱼国丝织山形纹绮残片,青海都兰出土的用绵羊毛、牦牛毛制成的毛布、毛带、毛绳、毛线等毛织品。辽宁辽阳魏营子西周墓出土锦的残片。另外,在《诗经》、《尚书》、《战国策》和《礼仪》等文献中都有记载。(百度百科网站资料,网址:http://baike.baidu.com/link)

③ 此指陕西扶风周原出土西周墓玉蚕。

精雕细琢。

（七）《穆王西征组诗》

1.《汲冢竹书》（仿《诗经·国风·周南·关雎》体）

魏襄[①]竹书，引玉钩沉。汲冢[②]简牍，墨韵方寸。

穆王[③]周行，"七萃"[④]侍之。造父[⑤]驾御，"八骏"[⑥]从之。

伯夭为导，始发宗周[⑦]。迢迢万里，浩浩沙洲。

金戈铁马，戎狄惧之。经略通好，方国友之。

能征善战，神弓辅之。感天动地，古今颂之。

2.《北征赤狄》（仿屈原《九歌·东皇太一》体）

日出兮辰光，欲征戎兮封疆；

自洛邑兮北上，渡浊黄兮绝漳[⑧]；

露宿兮太行，餐雁门兮风霜；

[①] "魏襄"指魏襄王，即民间盗取的战国魏墓，出土包括《穆天子传》在内的《竹书纪年》。
[②] "汲冢"指西晋太康二年，在今河南汲县发现一座战国时期魏国墓葬，出土一大批竹简，均为重要文化典籍，通称"竹书纪年"，其中有《穆天子传》《周穆王美人盛姬死事》，后合并为至今流传的《穆天子传》。由荀勖校订全书六卷。
[③] 穆王指周穆王，姓姬，名满，是西周第五代君主。据史书记载，他在位时，曾制定刑典，重振朝纲。郭沫若主编的《中国史稿》中说："周穆王时候，犬戎势力强大，阻碍了周朝和西北许多方国部落的来往。周穆王西征犬戎，'获其五王'，并把一批犬戎部落迁到太原（今甘肃镇原一带）。这就打开了通向大西北的道路，开辟了周人和西北地区友好联系的新篇章。"周穆王还东攻徐戎，在涂山（今安徽怀远东南）会合诸侯，可以说是西周一位颇有作为的国王。（百度百科网站资料，网址：http://baike.baidu.com/link）
[④] "七萃"指"七萃之士"，为周穆王的禁卫军。
[⑤] "造父"指造父，嬴姓。其祖先伯益为少昊裔孙，被舜赐姓嬴，造父为伯益的九世孙。
[⑥] "八骏"指穆王所驾的赤骥、盗骊、白义、逾轮、山子、渠黄、骅骝、绿耳等骏马。
[⑦] "宗周"，一指周王朝；二指周代王都所在，如丰、镐，成周洛邑亦称为宗周（周既去镐京，犹名王城为宗周也）。语出《诗·小雅·正月》："赫赫宗周，褒姒灭之。"
[⑧] "绝漳"指渡过漳水。

裹蠋山①兮行囊，涉滹沱兮河阳；

"六师"②兮兵强，奏广乐兮玄黄；

临当水兮饮觞；

入曹奴③兮戏觞④，赐金银兮满堂；

米百车兮廪仓，"君欣欣兮乐康"。⑤

3.《驾龙羌戎》（仿屈原《九歌·湘君》体）

征鸟鸣兮展翼，天马行兮云霓。

"八骏"骋兮飞驰，"渗泽"⑥猎兮野麋；

至阳纡⑦兮碧溪，会河伯兮无夷⑧；

冕大服兮奉璧，沉牛羊兮祝祭；

跨春山⑨兮铭迹，爰百兽兮所集；

惠农工兮共利，足食兮丰衣。

升昆仑兮穹窿，宿赤水兮惊鸿；

---

① 有指陈为《新唐书·列传第八十四》："初，坦与宰相李绛议多协，绛藉为己助，及坦出半岁而绛罢。治东川，尽蠋山泽盐井榷之籍。"顾实认为："蠋山，当在今山西泽州高平县。《水经·沁水注》云：'沁水导源泫氏县西北泫谷。'此泫谷当即泫山之谷，该山即蠋山。"蠋山在今山西高平县境内。有指陈为"蠋山"是渭水（渭河）的发源地，《山海经·西次四经》中称为"鸟鼠同穴"之山，现称为鸟鼠山的山脉。《周穆王传》首语："饮天子蠋〔音涓〕山之上。"就是周天子饮食于"鸟鼠同穴"之山的某座山丘上，即现今甘肃武山县的老君山。（百度百科网站资料，网址：http://baike.baidu.com/link）
② "六师"为穆天子的军队。
③ "曹奴"是地名。曹奴部落所在地，可能在今天的内蒙古。
④ "戏觞"是曹奴的君王。
⑤ 本诗描写天子北征途经的路线。
⑥ "渗泽"是地名。据汲冢出土的竹简中整理出的《穆天子传》记载，其北征中有"至钘山，循虖沱"、南征中亦有"至钘山，升太行"；西征时"至崩人、见河宗"；东征时还到过"崩邦之南、渗泽之上"；西征中过"昆仑、赤水"；东征中又"升昆仑丘、封黄帝宫"。可知，是为一次北征犬戎而来。（百度百科网站资料，网址：http://baike.baidu.com/link）
⑦ "阳纡"是地名。
⑧ "无夷"指河伯的名字。
⑨ 春山指今葱岭。

"珠泽"兮苇丛，观黄帝兮琼殿紫宫，

享赤乌兮咒虓，赐墨乘兮玉琮；

嘉禾兮播种，好女兮悦容；

命"剞闾"①兮王公，予"六师"兮食供；

至玄池兮岚风，闻丝竹兮无终。

清泉兮淙淙，茂林兮葱葱。

4.《春山叠翠》（仿穆天子《黄竹诗》体）

帝降春山，四野田泽，取孳木杉。风和日丽，清水出泉。百兽栖息，莺啼燕啭。"有皎者鹭，盘旋林间，其飞翩翩"②。青雕白鸟，赤豹麋仙，玉策枝斯，桂英娇莲。猎豕逐鹿，累日成欢。良辰美景，忘返流连。有斯礼乐，铭迹县圃，以诏佳篇。

5.《仙游瑶池》（仿屈原《九歌·少司命》体）

吉日兮芳春，执圭兮昆仑；

献锦兮百纯，同唱和兮销魂；

王母美酒兮香醇，观绝色兮佳人；

暮霭兮晨昏，罗衣兮缤纷；

玉杯兮金樽，聚散苦短兮何恨？

浮云掠兮总无痕，悲凉起兮生离分；

愁莫愁兮念温存，乐而乐兮伴郎君；

和风兮月明，咏秀水兮玉山青；

硕鸟兮空鸣，驱羽车兮越峻岭；

与女步兮闲庭，携女手兮幽径；

赏百花兮娉婷，聆婉转兮夜莺；

---

① 剞闾是传说中的西方部落。
② 取自《穆天子传》卷四："有皎者鹭，翩翩其飞。"

弇山①兮周行，乃纪迹兮耀惠星；

饮潾水兮已平明，传佳话兮共永情！

6.《南征羽行》（仿屈原《九歌·河伯》体）

帝子征兮崇山，云渺渺兮霜天；

夜朦胧兮月寒，飞鸟绝兮旷原；

次献水兮河湍，"观流水兮潺湲"②；

至"瓜纻"③兮城垣，有阏氏兮保全；

之"沙衍"④兮艰难，竟无水兮绝源；

盼绿洲兮甘泉；"奔戎"⑤忠兮亦果敢；取马血兮奉君前；赐美玉兮留为念；驰赤骥兮积山，有蔓柏兮峰峦；邀酒樽兮敬献，赏金银兮朱丹；

仰流云兮缓缓，望路途兮漫漫。

7.《天子凯旋》（仿屈原《九歌·国殇》体）

至滔水兮欲东环，有浊繇兮食自安；

旅苏谷兮望彼岸，至黑水兮又采丹；

爰野麦兮植田间，择琅玕兮而为璇；

得锦石兮于文山，享西膜兮来拜见；

献豕马兮而祭奠，升长松兮则无险；

驰翟道兮凡三万，乘鸟舟兮化羽仙；

---

① 山名。古谓日没之所。又名崦嵫山、弇兹山。《列子·汤问》："周穆王西巡狩，越昆仑，不至弇山，反还。"张湛注："日入所也。"《穆天子传》卷三："天子遂驱，升于弇山，乃纪名迹于弇山之石，而树之槐，眉曰：'西王母之山。'"郭璞注："弇，弇兹山，日入所也。"（参阅《山海经·西山经》）

② 取自屈原《九歌·湘夫人》。

③ "瓜纻"是地名。"瓜纻之山"为焉耆盆地北、西、南三面山岭。

④ "沙衍"指沙漠。《穆天子传》卷三："辛丑，天子渴於沙衍，求饮未至。"郭璞注："沙中无水泉。"

⑤ "奔戎"为高奔戎，是穆天子的侍臣。

饮"洧水"①兮游河川，钓渐泽兮食野田；

经"十虞"②兮而猎畋，宿于祭兮咏诗篇；

归大周兮终凯旋，颂我王兮歌九天。

8.《八骏之游》（仿《卿云歌》体）

赤骥绿耳，白义骅骝。

渠黄盗骊，驰驱巡游。

墨云浮兮，情悠悠兮。

八骏驾乘，无止休兮。

纵马廖原，射鸟猎兽。

曾有许男，奉献鹄酒。

雀梁舞鹤，讨伐霍侯。

蠹书羽林，谈笑黎丘。

舍于蓝台，白鹿出走。

饮于漯水，癸酉祭之；

广乐齐鸣，天子美之。

---

① "洧水"是古水名。即今双洎河。源出今河南省登封县阳城山，自长葛县以下，故道原经鄢陵、扶沟两县南，至西华县西入颍水。

② "十虞"是地名。十虞："东虞曰兔台，西虞曰栎丘，南虞曰富丘，北虞曰相其，御虞曰来。"《穆天子传》卷五（百度百科网站资料，网址：http://baike.baidu.com/link）

9.《霓裳盛姬[①]》（仿《诗经·大雅·卷阿》体）

沂山重壁[②]，玉皇[③]高台。多情天子，且游且猎，祥云徘徊。

盛姬顾盼矣，红妆粉黛矣。多情天子，倾倒又迷醉，流连忘返矣。

娉婷落鱼雁，回眸巧笑矣。多情天子，倾倒又迷醉，辗转反侧矣。

美人闭羞花，燕语莺声矣。多情天子，倾倒又迷醉，长夜相思矣。

有风有雅，有宫有商。以喈以哕。多情天子，蕑葭为芳。

袅袅娜娜，如丝如帛。令饮令酌。多情天子，蕑葭为歌。

凤凰于飞，翙翙其羽，亦颂八方。执子手诉衷肠，地老天荒，永不相忘。

凤凰于飞，翙翙其羽，亦传愉欢。结鸳盟共缠绵。日月可鉴，岁岁年年。

淑妃怜矣，奉彼琼浆。荻花凋矣，于彼夕阳。凄凄惨惨，哀哀惶惶。[④]

穆陵[⑤]之壅，既郁且葱。并蒂之莲，既娇且艳。千古幽情，聊寄苍溟！[⑥]

[①] "盛姬"本姓姬，周穆王乃赐盛姓于姬姓之上，史称盛姬。
[②] 沂山民间传说周穆王东游沂山时，守土者为迎接他，曾征调徭役，辟修山径，在玉皇顶上建了一座观景台。周穆王与盛姬便是在这观景台上相依相偎，眺望夕阳，见有凤凰比翼，飞鸣而来。穆王大喜，说："凤凰，瑞鸟也。凤凰现必圣王出，应吾身矣！"命侍从跟随而去，找到了一组岩石，叫鸣凤石，一个山洞，叫栖凤洞。而盛姬染病身故后，所葬之地因穆王而名，称为穆陵，后人在此筑关，称之为齐长城第一雄关穆陵关。《诗经》中有《卷阿》篇，有学者考证出诗中描述的正是穆王携盛姬游历沂山的经历。（百度百科网站资料，网址：http://baike.baidu.com/link）
[③] 玉皇指重壁台玉皇顶。
[④] 本段描写盛姬在随穆天子巡游时染病，《穆天子传》中说："告病，天子怜之……求饮，天子命人取浆而给。"天子西至于重壁之台，人不久就去世了。穆王在台上怀拥盛姬，共浴夕阳，伴她度过了人生的最后时光。
[⑤] 穆陵指穆王陵。
[⑥] 位于西安市长安区郭杜街办恭张村南，有一夯土台。1957年5月31日，陕西省人民委员会公布周穆王陵为陕西省第二批重点文物保护单位。

三、爱求柔桑于斯怀"[1]——东周浣纱

(一)《吴楚争桑》[2](仿先秦无名氏《祠田辞》体)

楚地桑盛,

吴国争采。

占彼钟离。

图片来源:笔者摄于曲阜孔庙

(二)《九州蚕桑》(仿先秦佚名《成王冠辞》体)

曹[3]、鲁桑美。

---

[1] 1975年,考古工作者在陕西省宝鸡茹家庄发掘了两座西周奴隶主贵族的墓葬,出土的文物中有一些玉蚕和丝织品的印痕。丝织品的印痕有些附在铜器上,有的附在尸骨下面淤积的泥土中。这些丝织品有的是三四层堆叠着,可见在埋进去的时候,数量是相当多的。编者曾对这些丝织品的标本进行分析,认定品种有绢、经锦,和用"辫子股"针法绣成图案的刺绣,绣针针脚整齐,技术纯熟,朱红色的地子和石黄色的绣线,色彩至今仍鲜丽如新。经锦是用两组以上的不同色的经丝,直接在织机上织出花纹,以一色作地纹,另一色作花纹。经锦的出现,标志着我国丝绸织花技术的重大发展。这种经锦在辽宁省朝阳县西周墓和山东省临淄东周墓出土的丝织品中也曾经发现过。(引自"丝绸史话",360个人图书馆网站资料,网址:http://www.360doc.com/content/)

[2] 据《吕氏春秋·先识览·察微》载,公元前518年,楚国边邑卑梁(今安徽天长县西)的女子和吴国的女子争桑,结果引起两国战争,吴国攻占了楚的钟离(今安徽凤阳东北)这一史实说明地处江淮一带的楚国蚕桑业也很兴盛。(王震亚."春秋战国时期的蚕桑丝织业及其贸易"(《甘肃社会科学》,1992年第2期,第83—85页)

[3] 曹国是周代诸侯国之一,国君姬姓、伯爵。周文王嫡六子曹叔振铎分封于曹国,建都陶丘(今山东省菏泽市定陶区),疆域大致辖今山东省菏泽、聊城市,及河南濮阳市南部地区。(参照百度百科网站资料,网址:https://baike.baidu.com/)

叶肥又鲜嫩。

楚国提花绣文绮。

帛缯①韵雅。

宋林繁茂。

燕赵事蚕，

九州盛业。

（三）《"湅丝"、"湅帛"技艺高》②（仿先秦佚名《貍首诗》体）

漂丝设色，沤以七日。

草灰为水，温润除胶。

漂帛灰粉，泽器练丝。

以栏以屋，则鲜则好。

（四）《衣履冠带天下》③（仿《鲁童谣》体）

姜尚子孙，

营丘造丝。

---

① 长沙楚墓中曾出土过缯书、帛画和其他丝织品。
② 当时的人们已知道"湅丝"和"湅帛"。所谓"湅丝"，《考工记·慌氏》："慌氏湅丝以涗水，沤其丝七日。"意思是说漂丝没色的工匠，为除去蚕丝纤维表面的丝胶，要用加草木灰的温水来湅丝。所谓"湅帛"，《考工记》又说："湅帛，以栏为灰，渥淳其帛，实诸泽器，淫之以蜃"栏，即梀，就是梀木灰和属蛤粉与水相和，然后用来练丝。这种炮制丝帛的方法，不仅使丝织物变得光泽柔软，鲜艳美观，而且也说明战国时我国劳动人民在长期的生产实践中已掌握了比较先进的缎丝技术，提高了丝织品的质量。（百度百科网站资料，网址：http://baike.baidu.com/link）
③ 据《史记》说：以前齐鲁之地土地贫乏，人民贫困。直到姜尚帮周武王灭周建功，被封于营丘（临淄一带）后，他的子孙重视手工业，鼓励人们从事渔、盐、漆、丝的生产，才改变了这种状况，使丝绸产量迅速增加，商业流通也大为发展。其地丝绸远贩四方，并获得"衣履冠带天下"的盛誉。（参照国学网站资料"历代丝绸的生产和流通"，网址：https://guoxue.httpcn.com/info/html）

（五）《秦国劝蚕桑》①（仿《秦人谣》体）

商鞅颁法令，

蚕桑富民强。

（六）《卧薪尝胆雪越耻》②（仿《越人歌》体）

勾践战败兮卧薪尝胆，

力图复国兮省赋劝课桑蚕。

躬行耕作兮夫人自织。

金帛遗君贿臣兮消其斗志。

献美人兮惑其智。

吴国灭兮雪越耻。

（七）《西施浣纱清溪旁》（仿《越人歌》体）

越国有女兮倾国倾城，

若耶浣纱兮步摇婀娜轻盈。

锦鳞沉湖兮花容月貌。

姑苏台上抚琴兮吴主魂销。

舞丝袖兮百媚娇。

---

① 由于丝绸在这个时期的经济生活中占有重要地位，各国统治者都把加强蚕桑生产作为富国裕民之策，劝导人民努力蚕桑，并订出种种优惠政策。如秦国商鞅变法时就曾颁布保护法令，规定生产缯〔zēng 增〕帛多的人可免除徭役。（百度百科网站资料，网址：http://baike.baidu.com/link）

② 春秋时，吴越两国之争，越国败灭。越王勾践卧薪尝胆，力图复国，一方面施行"必先省赋，劝农桑"的政策，大力发展经济，并"身自耕作，夫人自织"，极力积累财富；另一方面又不断地采用诱之以物质享受和声乐玩嬉的方法，多方削弱吴国君臣的斗志，曾经"重财帛以遗其君，多贷贿以喜其臣"，用钱币和丝绸厚赠吴国君臣。并将妆饰的西施，送与吴王为妾，陪他玩乐。20 年后终于灭吴复兴越邦。西施就是传说中的那个曾在浙江诸暨苎〔zhù 注〕罗村旁的溪水中漂洗丝绸的少女，而那条溪水，也就是因此而被后人称为浣纱溪的小溪。

霸业殇兮春梦遥。

（八）《荆楚红袖一缕香》（仿先秦无名氏《楚人歌》体）

蟠龙飞凤兮偏诸纱绢，

锦衣罗衾兮斑斓锁满绣。

襦裙直裾兮风飘云动，

荆楚人杰地灵兮飞烟起岫。

春花叠素千层练，

秋菱交错万缕纤。

（九）《吴起休妻》①（仿《齐人歌》体）

吴妻织组，

幅狭于度。

亦不能改。

吴子盛怒，

使之衣而归。

（十）《秦好稼穑务农桑》②（仿先秦无名氏《泽门之晳讴》体）

秦之稼穑，

---

① 《韩非子》里有一段吴起休妻的故事，很能说明当时社会对丝绸产品规格的重视。故事大意是战国时吴起让其妻织丝带子，因为看见妻子所织的幅宽比规定的窄，便让她修改。其妻说："经纱已经上机，我已经织了一部分，现在无法更改了。"吴起听了不胜愤怒，立即休妻，把她赶走了。这个故事一方面说明吴起毫不理会妻子不能中途改变幅宽的难处，另一方面也说明幅宽不合标准是不应该出售的。（百度百科网站资料，网址：http://baike.baidu.com/link）

② 至战国时期，秦孝公用商鞅变法。商鞅主张"谬力本业，耕织致粟帛多者复其身"。这显然是鼓励和促进蚕桑丝织生产发展的国家法令，把蚕丝生产作为家给人足的内容之一。商鞅死后，变法内容得到继承。到吕不韦时，又为蚕桑丝绸生产制定了明确的经济政策。（参照赵丰."秦代丝绸生产状况初探"，《浙丝科技》，1983年第3期，第47–52页）

农桑我本。

鞅韦①之法，

耕织粟帛。

（十一）《"楚庭"②蚕娘》

海上生明月，天涯共此时。

梯航摇梦影，古港荟罗丝。

锦缎翩跹舞，蚕娘曼妙姿。

"楚庭"舒彩彻，南埠③话神奇。

（十二）《仙境④》（仿《琴歌》体）

入蓬莱，赴瑶台。

舟船摆，仙丹采。

方士来，燕王齐王乐开怀。

---

① 指商鞅和吕不韦。
② "楚庭"，又称"楚亭"，是传说中广州最早的名字。据黄佐《广东通志》称："楚亭邹在番禺。"周夷王（前862年）时，楚国统治广州，故建城于此。仇池石《羊城古钞》卷四称："越时事楚，有楚亭郑。"现在越秀山百步梯东侧，有一个刻着"古之楚庭"的石牌坊，记载了这一史实。（参照曾昭璇."古代的广州城"，《广州研究》，1983年第2期，第47-50+51页）
③ "南埠"指南洋。
④ 据《史记·封禅书》记载，自从齐威王、齐宣王、燕昭王以来，就使人寻找蓬莱、方丈、瀛州三神山。这三座神山，相传在渤海之中，路程并不算远，困难在于将到山侧时，就会有海风吹引船只离山而去。据传曾有人到过那里，众仙人以及长生不老药那里都有。山上的东西凡禽兽都是白色的，以黄金和白银建造宫阙。到山上以前，望过去如同一片白云；来到跟前，见三神山反而在海水以下。想要登上山，则每每被风吹引离去，终究不能到达最早的东海丝路。

（十三）《宁王遗龟》①（仿《孺子歌》体）

宁王之龟珍兮，

可以明天意。

殷墟之龟巨兮，

可以明天机。

（十四）《齐王银盒》②（仿《赵民谣》体）

颈为莲，

腹为瓣，

齐王不弃。

往来有埃兰③。

（十五）《和田女采玉》（仿伊耆氏《蜡辞》体）

月映其华，

女采其精。

昆仑美玉，

洁白凝其脂！

---

① 《尚书·大诰》："予不敢闭于天降威，用宁王遗我大宝龟，绍天明。即命曰：有大艰于西土，西土人亦不静，越兹蠢。殷小腆，诞敢纪其叙。天降威，知我国有疵，民不康，曰：予复反鄙我周邦。"这里的大龟和殷墟安阳出土的都是马来半岛的大型亚洲大陆龟版。（参照林梅村.《丝绸之路考古十五讲》，北京大学出版社，2006年8月版，第92页）

② 山东青州西辛村出土的战国齐王墓近东埃兰文明的列瓣纹银盒，说明当时山东半岛已经与近东有往来。

③ 埃兰（英文名：Elam），又译以拦或厄蓝或伊勒姆，是亚洲西南部的古老君主制城邦国家，在今天伊朗的西南部，波斯湾北部，底格里斯河东部，现为伊朗的胡齐斯坦及伊拉姆省。埃兰是伊朗的最早文明，起源于伊朗高原以外的埃兰地区。（引自百度百科网站资料，网址：https://baike.baidu.com/item/埃兰/）

（十六）《吐火罗①之光》（仿《诗经·齐风·东方之日》体）

天山之日兮，吐火罗者，在辛塔②兮。

在辛塔兮，策马车兮。

天山之月兮，吐火罗者，在罗布③兮。

在罗布兮，种麦稻兮。

天山之星兮，吐火罗者，在奇台兮。

在奇台兮，为庖厨兮。

天山之玉兮，吐火罗者，在尼雅④兮。

在尼雅兮，持权杖兮。

（十七）《巩乃斯战神⑤》（仿《易水歌》体）

马嘶嘶兮剑光寒，

战神出征兮气冲天！

---

① 吐火罗人，上古称为月氏，是原始印欧人的一支，发源于乌拉尔山和南西伯利亚，南下进入塔里木盆地，最东到达河西走廊。汉代时期，月氏人被匈奴人击败而西迁，征服了巴克特里亚以及恒河流域，建立了贵霜王朝。本诗描述吐火罗人对先秦丝绸之路的贡献，即最早引进马车和西亚小麦。西坎尔孜出土的石坩锅又称"将军盔"，是中国境内目前发现的最古老的完整坩锅。（参照林梅村.《丝绸之路考古十五讲》，北京大学出版社，2006年8月版，第8页）
② 辛塔指辛塔什塔–彼得罗夫斯卡文化遗址，在我国巩留和哈密两地发现此种文化的木车轮。证明当时吐火罗人的克尔木齐文化与我国早有接触。（百度百科网站资料，网址：http://baike.baidu.com/link）
③ 罗布指罗布泊。
④ 此指新疆尼雅出土的北方青铜时代玉石权杖，是辛塔什塔——彼得罗夫斯卡文化的典型器物。（参照林梅村.《丝绸之路考古十五讲》，北京大学出版社，2006年8月版，第26页）
⑤ 指新疆伊犁河支流巩乃斯出土的具有中亚希腊化时代的阿瑞斯战神。

(十八)《凤鸟锦绣①》(仿《论语·微子·楚狂接舆歌》体)

凤兮凤兮!

何贵之有?

织锦以为羽。

刺绣以为服。

美哉美哉!

俊鸟翱翱颂碧天!

---

① 20世纪40年代,在阿尔泰山区发现巴泽雷克冢墓,该墓是南西伯利亚早期铁器时代的墓地,位于俄罗斯戈尔诺阿尔泰省的巴泽雷克盆地。随葬出土的有战国时期的凤鸟纹刺绣,说明中国的丝绸在此时开始走向世界。(参照林梅村.《丝绸之路考古十五讲》,北京大学出版社,2006年8月版,第8页)

（十九）《罽宾珠玑（蜀身毒道）[①]》

走蜀道兮。过滇池兮。

入掸国[②]兮。往身毒兮。

丝绸薄兮。邛竹杖稀。

易金玉兮。马帮驿站不绝。

路漫漫兮。

[①] 蜀身[身毒（音"冤堵"）]。毒（dǔ）道是指我国古代有一条从四川成都，中印缅甸西南丝路之始，经云南的大理、保山、德宏进入缅甸，再通往印度的重要交通线，被称为西南陆地的"丝绸之路"。蜀身毒道从今四川起始，经云南的昭通、曲靖、大理，从保山出境入缅甸、泰国，到达印度，再从印度翻山越海抵达中亚，然后直至地中海沿岸。在这条古商道上，中国商人与掸国（今缅甸）或身毒（即印度）的商人进行货物交换，用丝绸或邛竹杖，换回金、贝、玉石、琥珀、琉璃制品等。公元前122年，博望侯张骞从西域归来，向汉武帝禀报了他在大夏（今阿富汗北部）的奇特发现，"居大夏时见蜀布、邛竹杖，问所从来，曰东南身毒（今印度）国"。历代帝王的官方记载上从未有过通商记录的西域国土上，张骞居然发现了大量独产于四川的蜀布和邛杖。其实早在春秋时期，西南人就在崇山峻岭中开辟了一条通向南亚次大陆及中南半岛的民间"走私通道"。这条中国最古老的道路使云南成为古老中国最早的"改革开放"前沿。印度洋的海风从此吹入红色高原，驮着蜀布、丝绸和漆器的马队从蜀地出发越过高黎贡山后，抵达腾越（今腾冲）与印度商人交换商品。或继续前行，越过亲敦江和那加山脉到印度阿萨姆邦，然后沿着布拉马普特拉河谷再抵达印度平原。"窃出商贾，无所不通。"印度和中亚的玻璃、宝石、海贝以及宗教与哲学也随着返回的马帮进入始终被中原认为是蛮荒之地的西南夷地区。此时的中原正陷在与匈奴的连年战争之中，加之航海业不发达，著名的北方丝绸之路和海上丝绸之路尚未开通，这条从西南通往印度的古道便成了当时中国与外面世界的唯一通道。可是当时的统治者对于这条民间的秘密通道全然不知，直到张骞递上奏章那一刻，"蜀身毒道"才第一次出现在帝王的视野里。西南丝绸之路，在汉代被称为"蜀身毒道"即古蜀国通往身毒（印度）的道路，其东起古蜀郡，西至印度，是郡县相连、驿路相接的西南丝绸之路。据史学家考证"蜀身毒道"分为南、西两道，南道分为岷江道、五尺道，岷江道自成都沿岷江南下至宜宾，是李冰烧崖劈山所筑；五尺道是秦将常頞所修筑，由宜宾至下关（大理），因所经地域山峦险隘，驿道不同于秦朝常制，仅宽五尺，故称为五尺道。南道由成都—宜宾—昭通—曲靖—昆明—楚雄—大理—保山（永昌）—腾冲—古永—缅甸（掸国）—印度（身毒）。（引自百度文库网站资料，网址：http://baike.baidu.com/link?url）西道又称牦牛道，是司马相如沿古牦牛羌部南下故道修筑而成，即由成都—邛崃—芦山—泸沽—西昌—盐源—大姚—祥云—大理与南路汇合。（引自百度文库网站资料，网址：http://baike.baidu.com/link?url）

[②] 指今缅甸。音"善"。

（二十）《骇之犀[①]》（仿《诗经·国风·周南·芣苢》体）

盈盈珠玑，天竺采之。盈盈珠玑，夜光明之。

盈盈珠玑，楚王献之。盈盈珠玑，秦王纳之。

盈盈珠玑，犀牛嵌之。盈盈珠玑，美言赞之。

（二十一）《蜻蜓璃珠[②]》（仿《夏人歌》体）

蜻蜓眼兮。西土产兮。

夫差爱兮。镶于剑兮。

---

① 亦作"骇鸡犀"。犀角名。《战国策·楚策一》："乃遣使车百乘，献鸡骇之犀、夜光之璧于秦王。"王念孙《读书杂志·战国策二》："鸡骇之犀，当为骇鸡之犀。"《后汉书·西域传·大秦》："士多金银奇宝，有夜光璧、明月珠、骇鸡犀、珊瑚、虎魄。"晋葛洪《抱朴子·登涉》："又通天犀角，有一赤理如綖，有自本彻末，以角盛米，置鸡羣中，鸡欲啄之，未至数寸，即惊却退，故南人或名通天犀为骇鸡犀。"唐刘恂《岭表录异》卷中："又有骇鸡犀、辟尘犀、辟水犀、光明犀。此数犀，但闻其说，不可得而见也。"元宋本《舶上谣送伯庸以番货事奉使闽浙》之八："薰陆胡椒腽肭脐，明珠象齿骇鸡犀。"采自印度。（引自百度文库网站资料，网址：http://baike.baidu.com/link?url）

② 蜻蜓眼是古代一种饰物的俗称。蜻蜓眼为玻璃制成，玻璃又称琉璃，公元前2500年人造玻璃首次出现于西亚及埃及，最早的用途是制造珠饰，先是出现单色玻璃，1000年后又出现彩色玻璃。公元前15世纪玻璃珠上开始有彩斑条纹或点状图案。春秋战国时期进入中国。中国中原地区与西亚虽然相隔数万里，但在公元前二千年到一千年的铜器时代，东西文明之间活跃着许多游牧民族，他们往来于漫漫中西亚沙漠地带，玻璃色彩美丽，便于随身携带，游牧民族将这种镶嵌玻璃珠由西亚带入中国。近年中国考古学家在新疆轮台群巴克发掘了公元前八至九世纪的墓葬群，出土了不少蜻蜓眼珠，与伊朗吉兰州以及中国中原地区春秋战国的蜻蜓眼珠非常相似，进一步证明了公元前一千年或略早，蜻蜓眼珠由游牧民族从西亚经过漫长的一千年岁月，但中国的情况非如此，镶嵌玻璃与单色玻璃块同时出现在春秋战国时期，期间并没有任何发展过程。镶嵌玻璃的突然出现，只能用贸易品来解释。山西长治分山岭270号墓、山东临淄郎家庄1号墓、洛阳中州西工路基、河南固始侯古堆基和湖北随县曾侯乙墓都出土过蜻蜓眼。战国时候有一个关于"随侯珠"的故事流传甚广。传说，某日，随县的曾侯行至涟水河边的一个土丘，看到一条灵蛇受伤，觉得它很可怜，就命人用草药封住其伤口，医治它的伤。随后，在一个月圆之夜，这条灵蛇口衔明珠献予曾侯。人们就把这些珠饰称为"随侯珠"。在历史上，"随侯珠"的确存在。1978年，在湖北曾侯乙墓（又称随侯墓）中，出土了173颗带有蜻蜓眼纹路的古玻璃珠，做工精美绝伦，堪称古玻璃珠饰中的佳品。战国语汇中还有一个"随珠和璧"的说法，把"随侯珠"与和氏璧摆在并驾齐驱的位置上，也可以从另一侧面证明，当时古玻璃珠饰价值连城。吴王夫差剑和越王勾践剑的剑格里都镶嵌有蜻蜓眼。（引自百度文库网站资料，网址：http://baike.baidu.com/link?url）

31

勾践舞兮。终成霸业。

随侯珠兮。与"和氏璧"同光。

世罕见兮。

（二十二）《中山神虎[①]》（仿《夏人歌》体）

中山国兮。狄人裔兮。

伐燕国兮。有神威兮。

双翼虎兮。昂首哮天。

跃跃起兮。雄奇又灵秀。

壮山河兮！

[①] 中山国王陵位于今河北省平山县三汲乡。中山国是由春秋战国时期生活在陕北黄土高原上的"狄"人建立的国家。中山国是春秋末年由鲜虞人建立的一个小国，中山古城即当时中山国的都城。王陵区共3处，分布于古城的西部及西北部，现已发掘了两座大型陵墓。两墓地面均有夯筑的巨大封土堆，东西宽92米，南北长110米，高约15米。陵墓上还建筑有供祭祀用的墓上建筑。陵墓的两侧各有2座陪葬墓，封土前有对称排列的车马坑、船坑和杂殉葬坑。陵内墓室为中字形，中间为方形的椁室。中山王陵共出土随葬品19000余件，其中包括青铜礼器、陶礼器、漆器等，其中许多器物都是不可多得的艺术珍品，为研究中山国的历史提供了丰富的实物资料。错金银双翼神兽是战国时期的镇器。1977年平山县三汲村战国时期中山国王墓出土，在1号墓的东西两库中各出土一对共四只，东库两件头朝左，西库两件头朝右。双翼神兽长40厘米。神兽曲颈昂首怒吼，两肋生翼，臀部隆起，四肢弓曲，跃跃欲起。通身错银，身躯为卷云纹，兽翼有长羽纹。背部装饰两只左右对称的错银鸟纹。底部铸有铭文，说明制作时间、工匠及监造官吏。河北省博物馆门前的镇兽就是采用放大版的双翼神兽形象。林梅村先生认为这是仿照塞琉古王朝的具有波斯艺术风格的器物，同时出土的蜻蜓眼也都证明了当时中国与西域的交往已经存在。（参照林梅村.《丝绸之路考古十五讲》，北京大学出版社，2006年8月版，第106页）

古代卷 "呦呦鹿鸣"
第二章 沃野桑田唤细葛——先秦初曙

（二十三）《王亥服牛①》（仿《夏人歌》体）

水草沛兮。羔羊美兮。

契② 始祖兮。简狄戎兮。

商王亥兮，服牛驯马。

兴农牧兮。通衢丝帛商贾。

载史册兮。

（二十四）《草原雄鹰③》（仿《采薇歌》体）

越彼大漠兮展其威矣。

匈奴彪悍兮雄踞蒙古矣。

鹰击长空藐苍穹兮。

披发左衽矣。

战禺氏④兮霸胡冠矣。

---

① 在夏商阶段，草原丝绸之路初见端倪。据史书记载，商的始祖名契，其母简狄，"狄"皆为北方或西北草原地带游牧民族的称谓。自契至汤历14代，商族大规模迁居8次，逐渐从北方草原进入中原。有王亥率牛车队以牛、帛充当货币，在华北地区从事贸易交换的故事。在蒙古草原地带发现的岩画当中发现不同形制的车辆图案，说明车的发明应当与北方草原地带生活的游牧民族有关系，此时已经具有商品远距离交换的能力，形成若干条较为稳定的贸易通道。生活繁衍在蒙古草原地带的游牧民族是传承东西方文明的重要介质，同时也是草原文化的主要缔造者，对开通和繁荣草原丝绸之路做出了巨大贡献。（引自百度文库网站资料，网址：http://baike.baidu.com/linkurl）

② 契为商朝始祖。

③ 战国"匈奴王鹰形金冠"是活跃在内蒙古南部——鄂尔多斯草原地区匈奴部族某王的王冠。冠高7.1厘米，重192克，额圈直径16.5厘米，重1202克，出土于内蒙古伊盟杭锦旗阿鲁柴登。金冠由冠顶和额圈组成。冠顶作半球面形，花瓣状，浮雕四组狼吃羊的图案。上面站立着一只展翅待飞的雄鹰，用绿松石作鹰头和颈部，鹰的尾部可以活动。额圈由三条半圆形的绳索式金带合并而成，带头分别浮雕有伏虎、卧羊和卧马。这件金冠造型奇特，做工精细，气概非凡，把匈奴民族对鹰、虎、狼的崇拜，以及雄踞北方傲视苍穹的心态，都反映出来。此外，它还是一件在国际文物考古界颇有名气的极罕见的胡冠。（引自百度文库网站资料，网址：http://baike.baidu.com/link?url）

④ 禺氏：《逸周书·王会解》中提到过"禺支"，《穆天子传》卷中提到过"禺知"，汉称月氏。

（二十五）《阿尔泰大石冢①》（仿《白水诗》体）

　　　　浩浩大漠。渺渺黄沙。

　　　　鹿石擎天。而雕我利剑。

　　　　冢前矗立。识我弯弓。

（二十六）《黄金草原（阿尔赞国王谷）②》（仿《子产诵》体）

　　　　纵我金马而征战。

　　　　驱我虎豹而扬威。

　　　　我有美人。

　　　　玉簪与之。

　　　　我有珍宝。

---

① 1965年，在阿尔泰山三道海子发现大石冢和鹿石。其上雕有短剑和弓形器。属于卡拉苏克文化。（参照林梅村.《丝绸之路考古十五讲》，北京大学出版社，2006年8月版，第40—43页）
② 1971—1974年格里亚兹诺夫和曼奈奥勒发掘了乌尤克盆地的阿尔赞1号墓。这座墓位于西萨彦岭中南麓、图瓦首府克孜勒西北部阿尔赞村，根据出土物断定这座坟冢的年代为公元前8世纪，早于公元前7世纪的黑海斯基泰。后来格里亚兹诺夫又将阿尔赞坟冢的年代提前到公元前9世纪，列为乌尤克文化的初期。2000年夏，俄罗斯考古学家楚古诺夫主持，德国考古学家帕金格、马格勒博士参与的考察队在阿尔赞"国王谷"中发掘了一座没有被盗掘的阿尔赞2号墓。里面是用西伯利亚桦树圆木搭建而成的椁室。椁室内葬一男一女，男性在北，女性居南，均侧身屈肢，左臂向下，头向西北。随葬品散落在木椁的各个角落。男性墓主的头冠全是金马、金鹿、金雪豹等动物纹饰件，脖子上套有象征权力的黄金大项圈，项圈上装饰有鹿、野猪、骆驼、雪豹、狼等各种动物纹饰，裤子上全是金光闪闪的小金珠，靴子也布满了小金片；女性墓主则头上插斯基泰艺术风格的金鹿金簪，脖子和胸部有金耳环、黄金坠饰、黄金珠饰、绿松石、红色玉髓、琥珀等无数珍宝。墓中出土5700件金器，总重20公斤。包括项圈、耳环、头冠、箭簇和各式各样的小饰件。小饰件装饰有丰富动物纹图案，被发掘者称为"斯基泰动物纹百科全书"。此外，2号墓还出土有大量的精良武器，包括青铜鹤嘴锄、箭簇、金柄铁剑等。两件金柄铁剑、短剑剑格和剑柄部位贴金箔，锤鍱出虎搏羊的动物纹图案。同出的箭簇、箭箙等武器上也贴有金箔。组件萨彦岭地区游牧部落以用金多寡来表示身份，且尤以在短剑等武器上用金以象征权势。这种铁剑与用金风气可能还影响到了中原。秦人可能模仿当时的少数民族使用金柄铁剑，这种铁剑的刃部用人工冶铁锻打而成，剑柄、剑首以金、铜、绿松石等为料装饰中原式兽面纹、夔龙纹、蟠螭纹，十分华丽。（参照"阿尔赞墓地"，中国考古网站资料，2015年8月6日版。网址：http://www.kaogu.cn/cn/kaoguyuandi/kaogusuibi/）

古代卷　"呦呦鹿鸣"

第二章　沃野桑田唤细葛——先秦初曙

华服镶之。

我有兵刃。

利铁造之。

我有粉米。

田畴种之。

高筑广陵。

祖宗耀之。

（二十七）《小河公主[①]》（仿《诗经·风》体）

小河美公主，千年妩媚生。

楚楚动心弦，倾国又倾城。

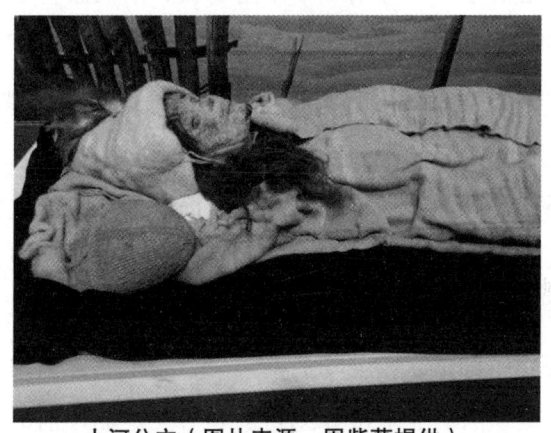

小河公主（图片来源：周紫薇提供）

[①] 小河公主，是中国考古学家于2003年在新疆罗布泊小河遗址发掘出的一具女性干尸，虽然经历了四千年，但干尸的保存完好，面部笑容清晰可见。考古学者感叹其美丽且完整性，又在小河遗址发掘，所以将其命名为"小河公主"。（百度百科网站资料，网址：http://baike.baidu.com/link）

第三章 彩丝茸茸香拂拂[①]——秦声悠远

　　引首：秦国扫灭六国之后建立了中国第一个大一统王朝——秦朝。秦朝创立了封建专制主义中央集权制度，实行"家天下"的统治政策。秦始皇北面派蒙恬率三十万精锐秦军击匈奴，南面派将领率领五十万人征伐百越，将其纳入中国版图，在社会经济上"上农除末"，发展丝绸生产和贸易，为"丝绸之路"的发展奠定了政治和物质基础。2019年末，秦始皇帝陵博物院日前公布的一项最新考古成果，考古人员在秦陵外城西侧陵区一座"中"字形墓葬内发现了目前国内最早的单体金骆驼。虽然目前墓主人的身份还是个谜，不过在秦代墓葬中能发现这么一件精致的物品，不禁让人啧啧称奇。中国考古界又给我们带来了一项重大惊喜，这个出土的骆驼昂首站立，驼峰清晰可见，整个骆驼曲线优美，比例构造恰当，关键是颈前的驼毛被雕刻得清晰可见。驼颈前的驼毛是抗风沙用的，而秦朝时期中国的自然环境尚且可以，所以秦帝国境内应该不会出现大面积的沙漠，因此不会出产这种骆驼，所以它很可能从新疆或者中亚的干旱沙漠而来，那里古代就存在大量戈壁和沙漠，风沙是难免的。这一方面说明当时工艺手法十分精湛，另一方面也说明秦国时已经与西

[①] 出自唐代白居易的《红线毯》。

域有商贸联系了。

一、《始皇征南越①》（仿《三秦民谣》体）

始皇嬴政，兵发陆梁②。凿渠设郡③，刀锋箭芒。

犀角玳瑁，果布④弥香。百越珠玑，璀璨煌煌。

二、《缂绣⑤锦履》（仿《三秦民谣》体）

秦民务劳，稼穑耕织。"节事以时，诸产繁殖。"⑥

缂绣锦履⑦，善服工师⑧。缟素缇绢，"抱布贸丝"。

---

① 《淮南子·人间训》中记载秦始皇伐南越，有仰慕南越犀角、象牙、翡翠、珠玑的成分在内。（参见《论广州兴海上丝绸之路》，中山大学出版社，1993年8月版，第5页）

② 陆梁：据《史记·秦始皇本纪》、《平津侯主父列传》所载，秦始皇三十三年（前214年）发生了"略取陆梁地"，新设桂林等郡一事。其中"陆梁地"，《正义》云："岭南人多处山陆，其性强梁，故曰陆梁。"（参照百度文库网站资料，网址:http://baike.baidu.com/link?url）

③ 指始皇开凿灵渠，设置南海、桂林、象郡三郡。

④ 果布是"果布婆律"的音译，是马来语对龙脑香的称谓。（参见《论广州兴海上丝绸之路》，中山大学出版社，1993年8月版，第5页）

⑤ 缂绣即丝绣。

⑥ 引自《史记·秦始皇本纪》："皇帝之德，存定四极。诛乱除害，兴利致福。节事以时，诸产繁殖。"

⑦ 《秦简》中记载："毋敢履锦履"。"履锦履"之状何如？律所谓者，以丝杂织履，履有文，乃为"锦履"。以锦漫履不为，然而行事比矣。文中所用丝杂织而成花纹的锦履就是织成履。而另一种被允许穿着的锦履则是以锦漫履，用在织机上通纬织出的、色彩效果与织成相似的锦来装饰鞋履，这在当时非常流行。（参照赵丰."秦代丝绸生产状况初探"，《浙丝科教》，第三期，第47-52页）

⑧ 在湖北云梦睡虎地出土了大量竹简，是秦始皇三十年（公元前217年）的遗物，其中有不少有关秦律的记载，为研究秦代官营丝绸手工业提供了不少论证。经历史学家和考古学家研究，证明秦代具体的官营作坊称"工室"，工室中的负责人称"工师"，工师之副为"丞"，工师不仅负有传授经验的义务，而且要按"工律"、"工人程"、"均工"等法令来管理工室。而工室中的劳动者为宫奴婢，从事丝绸生产的主要为女奴。（参照赵丰."秦代丝绸生产状况初探"，《浙丝科教》，第三期，第47-52页）

37

三、《徐福东渡》①（仿《石鼓诗》体）

春潮泛泛。

仙山重重。

始皇观之。

心向往之。

泰山封禅。

琅琊南登。

瀛洲方丈②。

佳境无终。

欲得长生。

访求神丹。

徐福领旨。

远渡广泽③。

化成文字。

悬壶济世。

农耕记事。

---

① 中国与日本的丝绸交流，可能早在秦代已有。相传江浙一带有人渡海去日本传授养蚕织绸技术，这必然伴随着丝绸的输出。另外，徐福的故事更是尽人皆知。史载秦始皇派他率童男女数千人，入海求神药，来到日本。从当时大多数方士都以丝织物"练"换取奇药来看，徐福带去日本的丝绸一定也不少。日本九州金立山有千布村，据说便是当年徐福上岸后用丝布铺路而名。（参照赵丰."秦代丝绸生产状况初探"，《浙丝科教》，第三期，第47–52页）
② "瀛洲方丈"指秦始皇至渤海登的芝罘岛看到的三座神山中的两座。
③ 《史记》上载："秦始皇大悦，遣振男女三千人，资之五谷百工种种而行。徐芾得平原广泽，止王不来。"（徐芾即徐福，为何改名不得而知）现在的人都是根据《史记》的记载，日本三个主要遗址佐贺、新宫、熊野，寻找所谓"平原广泽"的开阔地的。（参照百度文库网站资料，网址:http://baike.baidu.com/link?url）

古代卷 "呦呦鹿鸣"

第三章 彩丝茸茸香拂拂——秦声悠远

弥生[①]肇始。

镜玺[②]永传。

日本纪伊半岛的和歌山县新宫市徐福公园内的徐福墓[③]

四、《珠江巨龙（秦代造船厂遗址）[④]》（仿《河上歌》体）

同江相集。同岸相栖。

---

① 弥生指日本弥生文化。因在日本东京弥生町发现出土而定名。它起自公元前三百多年，至公元二百多年之间，相当于中国的战国末年及秦汉时期。在弥生文化遗址中，还出土了大量的铜剑、铜铎等。铜铎以中央日本为多，铜剑、铜铎则大多在九州。日本学界认为，加工这些器物的原料和技术来自中国。日本学者八木奘三郎说，中国山东省有类似铜剑、铜铎的器物出现；梅原末治等学者说，"铜铎之见于日本，无疑意味着中国秦汉人的东渡"。此外，在弥生町遗址中，还出土了中国古钱、古镜和秦式匕首和汉字等。日本人喜欢葫芦都与中国入海的方士有关。（百度百科网站资料，网址：http://baike.baidu.com/link）

② 近年，据统计，在日本的徐福遗迹有五十多处。清代驻日使馆参赞黄遵宪写有"避秦男女渡三千，海外蓬莱别有天。镜玺永传笠缝殿，倘疑世系出神仙"一诗，并注有"日本传国重器三：曰剑、曰镜、曰玺，皆秦制也。"（参照百度文库网站资料，网址:http://baike.baidu.com/link?url）

③ 参照百度网站资料，网址：https://baike.baidu.com/item/ 徐福墓/

④ 1974年，在广州市区中心的中山四路北面，曾发现一处古造船，工场的遗址在古代紧靠珠江北岸。工场规模巨大，有工场的遗址这地方在古代紧靠珠江北岸。工场规模巨大，有三个平行排列的造船台，还有木料加工厂。综合研究的结果，认为这个造船工场始建于秦代统一岭南时期，一直到西汉初年的文帝、景帝之际才废弃。（参照董欣欣、张靖雷."浅析秦代海上交通"，《湖北函授大学学报》，第26卷第7期，第108页）

39

巨龙之舟沿海而行。辐辏之货栉次鳞比。

五、《乌氏①献遗②》（仿《南风歌》体）

秦风之丝兮，可以解戎王之求兮。

胡戎之畜兮，可以易乌氏之封兮。

六、《秦凿五尺道③（滇僰古道——南方丝路）》（仿《秦始皇时民歌》）

南夷七曲盘，

滇僰"五尺"连。

关河接摩崖，

巴蜀气通天。

七、《秦陵鸿雁④》（仿《投壶辞》体）

有声如金。

---

① 《史记·货殖列传》里记载的"乌氏倮"，就是一个以善殖畜牧，与诸夏交易商贸而富甲一方的乌氏人，大受秦始皇的恩宠，"令倮比封君，以时与列臣朝请"。（参照百度文库网站资料。网址：http://baike.baidu.com/link?url）

② 《史记·货殖列传》乌氏倮畜牧，及众，斥卖，求奇增物，闲献遗戎王，戎王什倍其偿，与之畜，畜至用谷量马牛。秦始皇帝令倮比封君，以时与列臣朝请有人以为这里的戎王就是把中国丝绸运往罗马的安息（今伊朗）商人。此说不知确否。但至少说明，早在秦代，中国与西方的丝绸交流已经开始。（参照赵丰．"秦代丝绸生产状况初探"，《浙丝科教》，第三期，第47-52页）

③ 五尺道始建于秦朝，现残存长约350米，道宽5尺，每级尺阶宽窄高矮不等。从关河东岸上缘三曲而至摩崖，路面留有马蹄痕数十个。五尺道，自秦以来，就是滇川的必经要冲。北起宜宾、南至曲靖、途经盐津、大关、昭通、威宁、鲁甸、宣威等县，唐樊绰《蛮书》称之谓"石门道"。（参照百度文库网站资料，网址:http://baike.baidu.com/link?url）

④ 21世纪初，当地村民在挖坟时意外发现位于秦始皇帝陵北侧的青铜水禽坑。考古工作者共发现青铜水禽46只，其中天鹅20只，鹤6只，鸿雁20只。这些青铜水禽采取了一些和中国传统不太一样的工艺，属于地中海技术。比如青铜水禽表面的工艺缺陷及铸造缺陷，均以铜板镶嵌法进行补缀。（参照"秦陵青铜水禽铸造采用'洋技术'为国内首次发现"，西部网2014年5月5日版，网址：http://news.cnwest.com/content/2014-05/05/）

有羽如云。

鸿雁于飞。

曲颈啼鸣。

有日如形。

有月如影。

鸿雁于飞。

伴王彼陵。

八、《秦陵胡人谣①》（仿《攻狄谣》体）

秦陵白骨露残骸。

安息匠人苦。魂归故里。

九、《巴泽雷克墓纺织品②》（仿《秦人谣》体）

漆盘果满贮。

恰似江陵出。

十、《秦始皇十二金人》（仿《三秦民谣》体）

阿房殿前，

金人伟岸。

身着盔甲，

手持宝剑。

---

① 在兵马俑挖掘过程中，除了出土大量青铜器外，还发现了大量白骨。通过与部分现代人线粒体ＤＮＡ数据参照，专家研究样品单倍群归属进行了初步确定，在秦始皇兵马俑坑埋葬着一具2200年前具备"欧亚西部特征"的人类遗骸，死者生前是修建秦始皇陵的劳工，是比较典型的波斯人。（"秦始皇陵十大未解之谜"，搜狐新闻，2015年2月28日）

② 苏联巴泽雷克墓出土秦代漆盘残片，与湖北江陵出土的秦代漆盘纹饰形似。参照林梅村.《丝绸之路考古十五讲》，北京大学出版社，2006年8月版，第81-82页）

西风战神[1]，祭祀神坛。

始皇效焉。

十一、《始皇"扫六"赖蜀丝[2]》（仿《秦始皇时民歌》体）

蜀丝锦官，

南往西藩。

回献利器，

辅王"扫六"。

---

[1] 战神指希腊战神阿瑞斯，是斯基泰人祭拜的神灵。秦始皇也可能受此影响而造十二金人。（参照林梅村．《丝绸之路考古十五讲》，北京大学出版社，2006年8月版，第88页）

[2] 秦始皇能统一六国，华夏一统，蜀丝绸和南方丝绸之路功不可没。"秦王嬴政远交近攻，当时的政治格局，决定了不可能和中原有太多的经济往来，但是打仗需要大量的钱财和武器。南方丝绸之路，正好将蜀地的丝绸销往印度，带回大量财物，并从沿途冶炼发达的地区带回武器，成为秦国有力的经济支撑，为统一做出重大贡献。"所以，后来三国争雄时，刘备也是首先发展蜀锦，当时诸葛亮都称："决敌之资，惟仰锦耳！"（百度百科网站资料，网址：http://baike.baidu.com/link）

第四章　柔丝滑杼白绸缪[①]——汉风丝韵

引首：西汉时的丝绸之路是真正意义上的丝绸之路的肇端。楚汉战争时期，北方匈奴不断动用武力寇边骚扰，独霸西域地区。秦始皇遣蒙恬建造长城，用以抵御匈奴的入侵。到西汉王朝时，统治者开始意识到西域地区在军事上的重要地位，自汉武帝时，便联合匈奴的宿敌大月氏夹攻匈奴，并两次派张骞出使西域，开通了我国通往西域和中亚、西亚以及地中海诸国的官道，而丝绸、各种奇珍异宝、瓷器、茶叶等则作为输往这些地区的主要物品，这不仅加强了古代中国与世界的交往，而且也促进了西汉在政治、经济、军事和外交等方面的交流。

新莽时期，西域诸国因王莽篡汉而断绝了与中原地区的往来，后为匈奴所控，丝绸之路也一度断绝。永平十六年（公元73年），汉明帝派班超出使西域，最终使西域各国脱离了匈奴，归附汉朝，这样东汉与西域重新建立联系。汉章帝时，因汉官戊己校尉被裁撤，东汉中央王朝不再派遣都护，于是匈奴趁机侵占伊吾，东汉与西域二次断绝联系。后班超在东汉援军支持下，大败莎车、龟兹、焉耆，并于永元九年（公元97年），派副使甘英等出使大秦（罗马帝国），甘英虽然因安息的阻挠，不得已返

[①] 摘自[宋]曾丰《庆元改元浦城桑田大稔余按视次告父老》。

回，但也写就中国使者第一次到达波斯湾的历史，丝绸之路复通。汉安帝时，因班超病故，接任西域都护的任尚无能，加之东汉政府无暇西顾，"遂弃西域"。汉安帝延光二年（公元123年），东汉朝廷派遣班超之子班勇出任西域长史。班勇不负众望，重新使丝绸之路畅通起来。因此，南朝宋时期的历史学家范晔在《后汉书·西域传》里称："自建武至于延光，西域三绝三通。"

本章主要是用汉代诗歌体裁如汉赋、汉乐府等表现汉代陆上和海上丝绸之路的主要史实与人物的风采。

一、"玉环采丝意绸缪"[①]——西汉"凿空"

（一）《汉代丝绸赋[②]》（仿贾谊《吊屈原赋》体）

丝业兴盛兮，九州万象。东起沿海兮，西至陇西。南自珠崖兮，北及

[①] 摘自[宋]赵汝鐩《妾薄命》。
[②] 秦汉时期是中国古代丝织手工业生产蒸蒸日上并且业已达到比较成熟的时期。这时期的丝织产地东起沿海，西及甘肃、南起海南、北及内蒙古，覆盖面相当广。最兴盛的丝绸产区是黄河中下游以临淄和襄邑为中心的山东、河南、河北的接壤地区；次则为渭水流域、山西中部和南部地区。较多见于记载的有：长安（今陕西西安）、临淄（今淄博市）、襄邑（今河南睢〔suī虽〕县）、亢〔kàng抗〕父（今山东济宁市）、东阿（今山东阳谷县）、钜鹿（今河北平乡县）、河内（今河南武陟〔zhì智〕县）、朝歌（今河南淇县）、清河（今河北临清县）、房子（今河北高邑县）、蜀郡（今四川成都市）、珠崖（今海南琼山县）、永昌郡（今西南少数民族地区）和相当于现在内蒙古呼和浩特以及甘肃的嘉峪关等地。当时的临淄、襄邑和东阿等地都生产过不少历史上著名的优良产品。左思曾在《魏都赋》中对当时各地丝织名产有一总结："锦绣（属）襄邑，罗绮（属）朝歌，绵纩（属）房子，缣〔jiān间〕总（属）清河。"据记载，西汉在京城长安设有东、西两个织室，专门织作供西汉王朝统治需用的文绣郊庙之服。在盛产丝绸的陈留郡襄邑（今河南睢县）和齐郡临淄设置"三服官"，所谓"三服"即首服（春服）、冬服、夏服，负责提供宫廷制作三服所需的轻纱、纨、素、绮、绣等精细丝绸品。这些官营丝绸业所用的费用都十分惊人。据《汉书·禹贡传》说"故时齐三服官，输物不过十笥〔sì似〕，方今作工各数千人，一岁费数巨万"、"东西织室亦然"，这里所说的"故时"，是指汉武帝以前，"方今"是指汉武帝时，所说的"数千人"是指汉武帝时三服官下属的工作人数。通过这些材料，足可看出当时官营丝绸业的规模之大。除了官营丝绸生产外，豪门富户和农户家庭生产的丝绸数量也相当大。（引自360个人图书馆网站资料，网址：http://www.360doc.com/content/）

古代卷 "呦呦鹿鸣"

第四章 柔丝滑杼白绸缪——汉风丝韵

大漠、黄河渭水兮，锦绣罗绮。长安繁华兮，织室东西。文绣郊庙兮，齐制三服。襄邑临淄，纱素充盈。作工数千兮，岁资万两。豪门富户兮，家有作坊。累织纤维兮，货殖可观。女红织布兮，日产丰高。汉武封禅，赏赐百万兮①。丝绸染色，工艺众兮。绫、缣、绨、缦，数擢发兮。绿、紫、绯、绛，色斑斓兮②。利仓丞相，长沙侯兮。家财万贯，绫罗满堂兮。辛追夫人，穿绸裹缎兮。

朱红霓裳，绵袍玉帛，琳琅满目兮！浮翠流丹无限！香囊美其芬芳兮，彩绢耀其雍容。舞凤鸟之羽翼兮，驾扁舟以轻飏。乘神兽以游走兮，唤雨师与风伯。闻丝竹而饮琼浆兮，临仙界而徜徉。猎麒麟而获祥瑞兮，御天马而至西极。日灼灼其光华灿兮，有金乌立于中也。月淡淡其蟾宫皎兮，翼龙祥云雾也。明乐响于苍昊兮，引仪仗而护佑。擎华盖于穹窿兮，祈灵魂而升天。彼轻纱之如空兮，惊诧其美妙绝伦！拨锦瑟之丝弦兮，赞叹鬼

---

① 《玉台新咏》中的《上山采蘼〔mí迷〕芜》和《为焦仲卿妻作》两首诗的片段描述来判断一下。汉代规定匹布长40尺，幅宽2.2尺，汉尺比今市尺要小，一汉尺约合今0.593市尺，一匹布的总长约合今27.7市尺，幅宽约合今1.5市尺。两诗中每个妇女的日产量都有一匹或以上，也就是今天30多尺（素织物），如果能够综合当时全国农户之所织其数量无疑更是非常可观的。因为产量高，汉朝政府税收所得的布帛数量也相应地加大，据史书记载，汉武帝在一次东封泰山的活动中，仅用于赏赐臣下的就达100多万匹。（百度百科网站资料，网址：http://baike.baidu.com/link）

② 纺织包括丝绸和染色工艺的字几十个，如属于丝绸品种的有锦、绮〔qǐ起〕、绫、纨〔wán丸〕、缣、绨〔tí提〕、绢、缦、绣、缟〔gǎo稿〕，属于丝绸缫〔sɑo骚〕练的有缫、绎〔yì翌〕、练，属于丝绸染色的有绿、绯〔fēi非〕、缥〔piāo漂〕、纁〔xūn勋〕、绌〔chù处〕、绛、缙、䋏〔qiàn歉〕、缇〔tí提〕、缘〔quɑn劝〕、紫、红、繻〔rú如〕、绀〔gàn干〕、綥〔qí奇〕、纶、缁〔zī资〕、纔〔shān山〕、缡〔lì利〕等。《说文解字》是根据织物组织、色彩花纹和加工工艺来解释这些字所包含的意义，如纨为素缯（不带花纹），绮为文缯（有花纹的），缣为并丝缯，缫为绎茧为丝（以缫治时抽丝），绎为抽丝（同上），练为绎缯（练绸，练丝也叫练，这里只提到这个字的一部分含义），绿为帛青黄、青黄配合而得的色，绯〔fēi飞〕为帛赤（深红）色，绀为帛深青扬赤（深蓝而发红光的）色等。另外，见于其他的书中代表其他品种的字还有很多。（引自360个人图书馆网站资料，网址：http://www.360doc.com/content/）

45

斧神工！①

（二）《汉武雄风》（仿东汉梁鸿《五噫歌》体）

匈奴犯边兮，噫！

称霸西域兮，噫！

中原劫掠兮，噫！

汉武镇关兮，噫！

大展雄风兮，噫！

（三）《汉武治边》（仿刘彻《秋风辞》体）

汉武帝兮临天下，雄才大略兮治国家。

---

① 汉代丝织业的盛况及织造水平很高，在1972年发掘的长沙马王堆一号汉墓的出土文物中也得到了充分展示。马王堆一共分三个墓葬，是西汉初年（公元前2世纪）封号为轪〔dɑi代〕侯名叫利仓的一家的墓地。一号是利苍夫人的墓，二号是利仓本人的墓，三号是利苍一个儿子的墓。这三个墓出土纺织品种之多，数量之大，保存之完好，在考古发掘中都是十分罕见的。其中一号墓出土丝织制品100多件，有丝织服装、鞋袜、手套等一系列服饰以及整幅的或已裁开不成幅的丝绸和一些杂用丝织物，计有素绢绵袍、绣花绢绵袍、朱红罗绮绵袍、泥金彩地纱丝绵袍、黄地素绿绣花袍、红菱纹罗绣花袍、素绫罗袍、泥银黄地纱袍、绛绢裙、素绢裙、素绢袜、素罗手套、丝鞋、丝头巾、锦绣枕、绣花香囊、彩绘纱带、素绢包袱等多种。这些丝织物种有纱、绢、罗、锦、绮、绣等；织物纹样有云气纹、鸟兽纹、文字图案、菱形几何纹、人物狩猎纹等，包括了我们目前了解的汉代丝织品的绝大部分。特别值得指出的，在马王堆汉墓出土的众多纺织品中，有几件特别令人赞叹的织品。一是纱织品，有一件素纱禅衣，衣长128厘米，两袖通长180厘米，重量只有49克，尚不足今秤一市两；一件是有方孔的纱料，料幅宽49厘米，长45厘米，重量仅2.8克。二是起绒锦，这种锦外观华丽，花纹由大小不等的绒圈组成，花型层次分明，显浮雕状的立体效果。三是帛画和帛书，有一幅覆盖在内棺上的彩绘帛画，画幅全长205厘米，上部宽92厘米，下部宽47.7厘米，四角缀有旌幡飘带，画面想象丰富，写景生动，色彩绚丽，线条流畅，描绘精细，可以说是无上精品。帛书有20多种，总字数12万多字，大部分是已失传的古籍。四是汉瑟弦线。弦线直径最细的仅0.5毫米，最粗的为1.9毫米，如此细却加工得非常均匀，令人惊叹。这些精品充分说明汉代丝织技术已达到相当高的水平。汉代在育蚕（地桑、鲁桑）治丝和织造（平织和提花机有绒圈锦如长沙、武威和新疆汉墓出土、"轻纱差如空"、西汉马王堆一号汉墓出土的印花绢等、东汉画像砖出现平织机的脚踏板、出现汉绮组织）等方面的成就。（引自360个人图书馆网站资料，网址：http://www.360doc.com/content/）

古代卷　"呦呦鹿鸣"
第四章　柔丝滑杼白绸缪——汉风丝韵

黜百家兮尊儒术，伐四方兮拓疆土。

平闽粤兮安南阜，击匈奴兮扫胡虏，

屯田畴兮置领护[①]，纳西域兮扩版图。

人间豪杰兮铭千古！

（四）《博望侯[②]》（仿汉无名氏《长歌行》体）

汉中博望侯，精诚辅朝纲。

武帝遥相送，持节赴蛮荒。

戈壁飞冰雪，流沙腾热浪。

忍辱十三载，饮血两鬓霜。

坚韧排险阻，万古慨而慷！

（五）《蓬门未识绮罗香[③]》（仿汉无名氏《古歌》体）

五彩云天秀，

罗纱锦地香。

---

① 武帝、昭帝时常在渠犁、轮台屯田，置使者校尉领护，以供应往来使者。（参照百度文库网上资料，网址：http://baike.baidu.com/view/57591.htm）

② 张骞（前164年—前114年），字子文，汉中郡城固（今陕西省城固县）人，中国汉代杰出的外交家、旅行家、探险家。故里在汉中城固县城南2公里处汉江之滨的博望村。张骞富有开拓和冒险精神，建元二年（前139年），奉汉武帝之命，由匈奴人甘父做向导，率领一百多人出使西域，打通了汉朝通往西域的南北道路，即赫赫有名的丝绸之路，汉武帝以军功封博望侯。张骞是丝绸之路的开拓者，被誉为"第一个睁开眼睛看世界的中国人"。他将中原文明传播至西域，又从西域诸国引进了汗血马、葡萄、苜蓿、石榴、胡麻等物种到中原，促进了东西方文明的交流。汉武帝元鼎三年（前114年），张骞病逝于长安，归葬汉中故里。（参照百度文库网上资料，网址：http://baike.baidu.com/view/57591.htm）

③ 1972年，长沙马王堆出土大批西汉初年的丝绸，除了绢、绮、锦、绣外，又有了高级的圈绒锦印花敷彩纱和提花的罗纱（罗绮）。20世纪初叶以来，在塔里木盆地古代遗址不断出土各种汉代丝绸，在罗马帝国东方行省帕尔米拉和罗马本土意大利也发现了汉绮。克里米亚出土的汉绮说明罗马的丝绸是欧亚草原传入欧洲的，并逐渐形成丝绸之路草原路线。（参照林梅村.《丝绸之路考古十五讲》，北京大学出版社，2006年8月版，第8页）

47

"流霞"飞"雨丝"①，

"浣花"织"未央"②。

（六）《张骞使西域赋》（仿《孔雀东南飞》体）

长安落日圆，大漠孤烟寒。西陲耀斜阳，鸿雁云天翔，残月清秋露，草树倚风霜。玉门阳关道，塞外鬼哭狼。天山鸟飞绝，疏勒悬崖嶂。楼兰戈壁远，祁连贯菇羌③。葱岭雪皑皑，"且末"④野茫茫。车师腾热浪，焉耆风暴狂。龟兹生咸水，于阗流沙长。杳无人烟迹，枯骨横路旁。千里幽灵路，举目尽荒凉⑤。

遥想"楚汉"⑥间，冒顿单于王。白登围高祖，胡寇锐兵强。驰骋纵沃野，一统广袤疆。虎虎生威振，西域徒彷徨。"日逐"⑦设都尉，诸国皆伏仰。

冒顿宾天去，继位有"老上"⑧。铁骑扬边尘，斩杀月氏王。笑令军中卒，

---

① "流霞"指流霞锦，"雨丝"指雨丝锦绣。
② "浣花"指浣花锦，"未央"指西汉大朝正殿未央宫。
③ 菇羌为汉代西域三十六国之一。
④ "且末"为汉代西域三十六国之一，位于新疆维吾尔自治区南部，塔里木盆地东南缘，阿尔金山北麓。东与若羌县交界，西与民丰相邻，南与西藏接壤，北部伸入塔克拉玛干大沙漠，与尉犁、沙雅县相望。（参照百度文库网上资料，网址：http://baike.baidu.com/view/57591.htm）
⑤ 公元前2世纪左右，即中原地区的秦和西汉初期，西域地区分布着36个国家，大者有几十万人，小者不过数千人。从地理分布上看，主要分布在三个地区：塔里木盆地南缘为南道诸国，包括楼兰、且末、于阗、莎车等国；塔里木盆地北缘为北道诸国，包括疏勒、龟兹、焉耆、车师等国；准噶尔盆地东部散布着姑师、卑陆、蒲类等一些小国。盆地西部的伊犁河流域，原来居住着塞人。西汉初年，居住在敦煌祁连山一带的月氏人，由于被匈奴所迫，西迁到此处，赶走了塞人，建立了大月氏国。不久，河西地区的乌孙人为了摆脱匈奴人的压迫，向西迁徙，把月氏人赶走，占领了这块土地。著名学者柏杨先生是这样描述的："西域是无边无涯的沙漠，暴风时起，天翻地覆，光天化日之下，处处鬼哭狼嚎。又有寸草不生的咸水，举目荒凉，上不见飞鸟，下不见走兽，往往一个月不见人烟。也没有正式道路，行旅只有沿着前人死在途中的枯骨摸索前进，那是一个恐怖而陌生的地方。"（摘自百度文库网站资料，网址：https://wenku.baidu.com/view/）
⑥ "楚汉"指楚汉战争（前206—202年）。
⑦ "日逐"指日逐王。
⑧ "老上"指冒顿单于之子老上单于。挛鞮氏，名稽粥（jīyù），公元前174年，冒顿单于病死，其子稽粥立，号老上单于。

排开庆功场:"割其贼头颅,可为我酒觞。"乘虚击汉庭,举兵逼彭阳。火焚回中宫,远哨近"未央"。

文帝怒朝堂,调兵急遣将。老上遁塞外,依然逞凶狂。

武帝筑长城,边塞列烽燧。卫霍尤威猛,汉军乘胜追。匈奴闻风惧,收复大漠北。

"连横"大月氏,"合纵"抗蛮房。张骞为郎官,皇榜应招募。双肩负使命,凛然赴西土。百里车马长,向导"堂邑父"①。汉武临御驾,送别更相嘱。意志如磐石,不惧艰险阻。

长安起征程,暮霭天苍苍。匆匆过陇西,风餐宿路旁。行至狭长路,平地见"走廊"②。突遇匈奴兵,无处可躲藏。百人皆被擒,押送单于堂。单于传圣旨,问骞于庭上:"月氏在吾北,汉使何得往?吾欲使南越,汉肯称我王?"③留骞十余岁,予以胡妻房。身为阶下囚,持节不能忘。忽趁敌不备,改扮易胡装。携属向月氏,逃离妖魔掌。

西走入焉者,再溯塔里河④。艰难旅库车,跋涉到疏勒。邑父射禽兽,聊以解饥渴。翻越过葱岭,望见大宛国⑤。大宛相款待,闻汉饶财多。欲通浑不得,问骞意如何?遣使送康国⑥。

康居命使节,传致大月氏。月氏为胡破,臣服"猎骄靡"⑦。离乡尽迁徙,远去遁伊犁。西击大夏国,掠地而君之。"遂都妫水北",富饶少寇敌。其志自安乐,远汉且安逸。殊无报胡心,骞竟终无计。南下涉妫水,

---

① 邑父指匈奴向导堂邑父。
② 走廊指河西走廊。
③ 取自《张骞传》,略有改动。
④ 塔里河指塔里木河。
⑤ 大宛(dàyuān),古代中亚国名,是中国汉代时,泛指在中亚费尔干纳盆地居住大宛附近的居民,大宛国大概在今费尔干纳盆地。
⑥ 康国指康居国,今乌兹别克斯坦和塔吉克斯坦境内。
⑦ "猎骄靡"为西破大月氏的乌孙王。

率人抵"蓝氏"①。逗留有岁余，启程还故里。为避匈奴祸，欲从羌中归。循越昆仑山，踏入羌人地。

岂料弱羌人，沦为匈奴臣。复为胡贼得，囚禁囹圄门。时光如穿梭，斗转一年轮。军臣单于殁，国内乱纷纷。骞与堂邑父，胁从胡人妻，俱亡归汉阙。

重回长安城，禀上路见闻。武帝龙颜悦，视骞为功勋。拜为中大夫，邑父奉使君。共历十三载，秋夏复冬春。历尽千辛苦，通衢诸国郡。安息条支国，奄蔡并乌孙②。忍辱又负重，节操终不逊。

上欲通"身毒"③，命骞去犍为④。发兵西南夷，探辟滇境内。四路派使者，千里赴边陲。汉使见滇王，夜郎⑤自大吹。获悉滇蜀间，已有商贾会。受阻氐、榨、禹⑥，只得班师回。汉朝联诸部，王庭置七郡⑦，开拓蛮荒垒。

骞尝为校尉，随军击漠北。指点行军路，布阵战旗挥。加封博望侯，广瞻声名美。

李广击匈奴，出军右北平⑧。四千排头兵，张骞做殿后。可怜"飞将军"⑨，孤军陷沙丘。匈奴重重围，苦战夜与昼。张骞兼程至，方雪汉室羞。

---

① "蓝氏"指大夏的蓝氏城（今阿富汗的汗瓦齐拉巴德）。
② 安息（即波斯，今伊朗）、条支（又称大食，今伊拉克一带）、奄蔡（里海、咸海以北）。
③ 身毒指印度。
④ 犍为即犍为郡（今四川宜宾）。
⑤ 夜郎指夜郎国。
⑥ 氐、榨是（四川西南），禹是昆明（云南大理一带）。
⑦ 汉王朝正式设置牂柯、越嶲、沈黎、汶山、武都等五郡，以后又置益州、交趾等郡。
⑧ 右北平是中国古代郡名，即右北平郡。战国时期燕国置，治所不详。秦因之，治无终县。西汉治平刚县平刚城（今内蒙古宁城县甸子镇黑城村黑城古城），隶属幽州刺史部。王莽时改称北顺。东汉时移治土垠县（今河北省唐山市丰润区东南）。东汉末年公孙瓒曾领此郡。三国时，曹魏将右北平郡更名为北平郡。《寰宇记》：魏去"右"字。西晋时郡治内迁，改为北平郡。（参照百度文库网站资料，网址：http://baike.baidu.com/link?url）
⑨ "飞将军"指李广。

古代卷　"呦呦鹿鸣"
第四章　柔丝滑杼白绸缪——汉风丝韵

朝廷怒问罪，贬骞为庶民。时有霍去病，骠骑兵强劲。祁连扫匈奴，"浑邪"①结汉亲。胡蛮难入侵。天子数问骞："大夏国何如？"骞既已失侯，因言夏之属："臣居匈奴中，闻知乌孙王。王号名昆莫，父与月氏往。月氏杀其父，人民俱走亡。昆莫始新生，傅父将其藏。襁褓置草中，径自求食忙，空手转回庄。却见狼乳之，乌鸦翔其旁。衔肉喂昆莫，以为神助囊。遂持归匈奴，单于竟爱养。经年及其壮，与其父兵将。昆莫数有功，神勇又健强。月氏为贼②破，西击塞王庭。塞王南远徙，月氏居自宁。昆莫请单于，报父怨难平。遂破大月氏，月氏走西径。迁徙大夏地，昆莫持强兵。

昆莫待王殁，不肯事匈奴。匈奴击不胜，以为有神助。新困于大汉，退兵远遁去。昆莫地已空，吾朝宜相顾。蛮夷恋故土，又贪汉饶物。若厚赂乌孙，招以东居处。再遣汉公主，结昆弟夫妇。其势必将听，断贼膀臂护。既已连乌孙，大夏为臣属。"天子以为然，拜骞为郎将。统帅三百人，万数牛马羊。赍金帛千计，副使列道旁。如若可通衢，便遣之诸藩，中朝国泱泱。

骞既至乌孙，赏予天子礼，致赐天子谕。未能得其决，分遣副使去。副使皆持节，跋涉万重山。大夏月氏国，康居与大宛。乌孙发驿道，遣使送张骞。报谢圣上恩，因令私窥汉。知其国广大，俯首辞长安。

张骞既已还，拜为大行官。岁余骞竟卒，举国尽哀怜。"骞为人强力，诚信且仁宽"③。天子伤其逝，百姓尤感念。蛮夷甚爱之，诸国皆赞叹。自此西北国，往来胡汉间。诸后使往者，通好结金兰。皆仰博望侯，诸国由是安。乌孙臣于汉，与汉结亲缘。

伟哉汉张骞！开创新纪元。两次使西域，不畏路艰险。贯通东西方，畅塞疏滞源。开辟丝绸路，名垂青史篇。

---

① "浑邪"指匈奴浑邪王。
② 贼指匈奴。
③ 参照《汉书·西域传》。

壮哉汉张骞！饶勇意志坚。身陷绝境时，持节终不变。抗击匈奴寇，不敢犯边关。心系汉家事，敢为天下先。治郡诚有方，锐意略西南。天朝得一统，华夏威名远。

美哉汉张骞！气冲云霄汉，胸怀纳百川。骞身所至者，汉室文明传。中原尽栽培，西域土特产。核桃与石榴，苜蓿蚕豆鲜。龟兹胡琴乐，绕梁三日绵。

智哉汉张骞！知尽多谋断。遥想在当年，汉军尝屯田。地下穿井术，推广于鄯善。安息不产丝，教之以育蚕。大宛难冶铁，授之以砺炼。

忠哉汉张骞！武帝慕天马，获悉在大宛。使者道以求，献君"鹿野苑"①。

遥望汉江岸，坐落张骞墓。苍松荫古柏，庄严又肃穆。重檐飞玉角，华表雕栏柱。卧虎矗神道，大碑丹青赋。

汉阙锁青山，古道音尘绝。夕阳暮霭间，秦川皎明月。

图片来源：笔者摄于曲阜孔庙

---

① 鹿野苑是佛教仙人的居所。

英魂诚仙逝，扶摇上九天。高台入云端，凌霄擎宝殿。琼楼连玉宇，飞阁画流丹。朱甍叠碧瓦，水榭映幽莲。娉婷歌罗琴，姮娥舞凤鸾。繁花为其艳，百鸟为其啭：汉家博望侯，万古美名传！

（七）《不教胡马度阴山》

1.《西域都护》

都护治乌垒，
郑吉为特郎。
西域畅通道，
丝路韵绵长。

2.《青城怀远》

边塞鸣沙暗，烽楼关月寒。
匈奴骋辕马，老上焚狼烟。
屈射踏胡尘，白登危圣颜。
鬼方被穹庐，狂虏纵莽原。
单于惧卫霍，庐冢逐祁连。
汉女妆素丝，呼韩筹帐毡。
颠沛秋风行，寂凄枯草怜。
子卿持节去，北海猎腥膻。
上林呈雁书，长安诉悲欢。
琴瑟御升平，角羽鸣九天。
北方寥廓地，敕勒浩繁川。
燕歌将进酒，千古祭沧澜。

3.《抗匈英豪》

（1）《徙民实边御虏寇——晁错①》（仿汉《橘柚垂华实》体）

年少习法家，

学成为鸿儒。

能言善舌辩，

治国有宏图。

匈奴扰狄道，

---

① 晁错对汉朝军队建设的贡献有两点，第一是军事制度上，第二则是在骑兵建设上。在军事制度上，晁错可以说是中国军事"师夷长技以自强"的第一人，与坚持黄老学说，苟安和平的众多守旧大臣不同，晁错体现了高人一等的战略眼光。他在天下承平的文帝时代就上书皇帝，坦言汉匈必有一战。整顿军备为当务之急，并力荐名将周亚夫。此外，在军队改革上，他提出了许多建设性观点，其中最重要的，就是将汉朝中央军由义务兵改为职业兵。他深知，以中原农民为主组成的汉军，若要与以马为家的匈奴骑兵抗衡，非职业兵无法提高战斗力。在他的力主下，汉朝建立了完备的职业兵制度，精选边他农家子弟为兵，以 20 年为服役期，世袭服役，并赐予优厚待遇。这样就在国内建立了许多以农民家庭为主的世家服役兵家族。这些被挑选为世家兵的家族，他们长年生活在边境地区，对匈奴骑兵的战术风格非常熟悉，而且多数家庭与匈奴有血海深仇，求战意识极强！而根据世家兵的条例，其家中孩子自小就接受严格的军事训练，并以反击匈奴为终生信条。以杀敌立功为荣誉。而且每年各世家兵都要举行大比武，成绩差者被淘汰，成绩好者则受到赏赐。这就使汉朝建立了一支全新的拥有超强战斗力的常备军。我们可以看到，汉朝军队是中国历史上最具备国家军队性质的部队，无论谁带兵都可以保持超强的战斗力。这与后来宋朝的岳家军和明朝的戚家军等带私家军性质的武装形成了本质区别。即使是西汉后期朝政腐败，军队依然保持了超强的战斗力，这一切，都是汉朝军事制度的保证。晁错的另一个贡献是在骑兵建设上，草原决战，骑兵是主要决胜手段，汉朝骑兵弱于匈奴，主要原因有三，即马匹少，战斗力低，战术观念落后。职业兵制度可以解决战斗力问题，但马匹与战术观念问题却要有新的政策来解决。在晁错的主张下，汉文帝下诏实行马政，鼓励民间养马，使汉军拥有了充足的马匹资源。但是，汉朝马种与匈奴的差异却严重制约了汉朝骑兵的发展，为此，晁错提出建议，汉朝政府每年用大量的金钱招募匈奴牧民南迁长城屯垦，汉朝政府赐予大量的土地和金钱，条件是他们为汉朝训练骑兵。同时运用种种渠道从匈奴购买战马。不要小看这一方略，这一方略对于一直自称天朝的大汉政府来讲，要接受下来需要极大的勇气。但这一方略的实施可以说给了汉军天翻地覆的变化，汉军从此在战略观念以及作战方式上都有了一次洗脑式的更新，其战斗力则有了一个质的飞跃。后来晁错虽然蒙冤被害，但他的这套思维却被继承下来，从而为汉军的壮大奠定了基础。也正是在以晁错为首的一批汉朝战略家的努力下，汉朝建立了可以与匈奴抗衡的强大骑兵部队，从而为汉朝反击匈奴的胜利奠定了基础。（参照百度百科网站资料，网址：http://baike.baidu.com/link?url=WuVb-dK_）

古代卷 "呦呦鹿鸣"
第四章 柔丝滑杼白绸缪——汉风丝韵

献策御鞑虏。

师夷长技艺,

《守边劝农疏》。

良将兵卒劲,

塞外金汤固。

(2)《纵横逸气走风雷——大将军卫青[①]》(仿汉无名氏《古诗十九首》)

自幼生寒门,

一朝贵封侯。

龙城败匈奴,

河溯失地收。

定襄出奇兵,

高阙擒虏首。

漠北结车阵,

深谋展鸿道。

忠烈名天下,

英魂耀神州!

[①] 卫青(？—前106年),字仲卿,河东平阳(今山西临汾市)人。西汉时期名将,汉武帝第二任皇后卫子夫的弟弟,汉武帝在位时官至大司马大将军,封长平侯。卫青的首次出征是奇袭龙城,揭开汉匈战争反败为胜的序幕,曾七战七捷,收复河朔、河套地区,击破单于,为北部疆域的开拓做出重大贡献。卫青善于以战养战,用兵敢于深入,为将号令严明,对将士爱护有恩,对同僚大度有礼,位极人臣而不立私威。元封五年卫青逝世,起冢如庐山,葬于茂陵东北1000米处,谥号为"烈"。(参照百度百科网站资料,网址:http://baike.baidu.com/link?url=WuVb-dK_)

（3）《汉家将赐霍嫖姚"——骠骑将军霍去病》[①]（仿汉无名氏《古诗十九首》）

少年霍骠姚，
饶勇士当先。
漠南纵轻骑，
抗匈扫祁连。
瀚海舞沙丘，
戈壁锁甲环。
封侯居胥山，
甘泉射李敢。
忠孝皆两全，
高冢纪英年。

[①] 霍去病（前140年—前117年），汉族，河东平阳（今山西临汾西南）人，西汉名将、军事家，官至大司马骠骑将军，封冠军侯。霍去病是名将卫青的外甥，善骑射，用兵灵活，注重方略，不拘古法，勇猛果断，善于长途奔袭、闪电战和大迂回、大穿插作战。初次征战即率领800骁骑深入敌境数百里，把匈奴兵杀得四散逃窜。在两次河西之战中，霍去病大破匈奴，俘获匈奴祭天金人，直取祁连山。在漠北之战中，霍去病封狼居胥，大捷而归。元狩六年，霍去病因病去世，年仅24岁（虚岁）。武帝很悲伤，调遣边境五郡的铁甲军，从长安到茂陵排列成阵，给霍去病修的坟墓外形像祁连山的样子，把勇武与扩地两个原则加以合并，追谥为景桓侯。（参照百度百科网站资料。网址：http://baike.baidu.com/link?url=WuVb-dK_）

(4)《更催飞将追骄虏——李广将军》①（仿汉无名氏《古诗十九首》）

将门出虎子，

才气世无双。

射石搏猛虎，

纵马扫夷狂。

萧关斩贼首，

昌邑平叛将。

阴山雕弯弓，

定襄保边疆。

精忠报家国，

智勇威名扬。

(5)《不败将军击胡虏——程不识将军》（仿汉无名氏《古诗十九首》）

身为长乐尉，

戍边击匈奴。

治军薄至明，

谨敕陈部伍。

出征不解甲，

斥候作掩护。

---

① 李广（？—前119年），汉族，陇西成纪（今甘肃天水秦安县）人，中国西汉时期的名将。汉文帝十四年（前166年）从军击匈奴因功为中郎。景帝时，先后任北部边域七郡太守。武帝即位，召为未央宫卫尉。元光六年（前129年），任骁骑将军，领万余骑出雁门（今山西右玉南）击匈奴，因众寡悬殊负伤被俘。匈奴兵将其置卧于两马间，李广佯死，于途中趁隙跃起，奔马返回。后任右北平郡（治平刚县，今内蒙古宁城西南）太守。匈奴畏服，称之为飞将军，数年不敢来犯。元狩四年（前119年），漠北之战中，李广任前将军，因迷失道路，未能参战，愤愧自杀。唐德宗时将李广等历史上六十四位武功卓著的名将供奉于武成王庙内，被称为武成王庙六十四将。宋徽宗时追尊李广为怀柔伯，位列宋武庙七十二将之一。（参照百度百科网站资料，网址：http://baike.baidu.com/link?url=WuVb-dK_）

安营寻章法，

士卒遥相呼。

汉家一名将，

建功抗胡虏。

（6）《麒麟功臣作武论——赵充国将军》[①]（仿汉《橘柚垂华实》体）

虎胄战沙场，

御敌维西疆。

武都平叛乱，

上古擒祁王。

九郡率铁骑，

金城讨戎羌。

古稀建功勋，

不惧敌寇强。

中兴汉家事，

一代功臣将。

（7）《英烈汉使伴节仗——苏氏父子》（仿汉无名氏《别诗》体）

苏建驰塞北，

金鼓收河套。

阴山筑长城，

朔方修栈道。

---

① 赵充国（前137年—前52年），字翁孙，汉族，原为陇西上邽（今甘肃天水）人，后移居湟中（今青海西宁地区），西汉著名将领。为人有勇略，熟悉匈奴和氐羌的习性，汉武帝时，随贰师将军李广利出击匈奴，率七百壮士突出重围，被武帝拜为中郎，官居车骑将军长史。汉昭帝时，历任大将军（霍光）都尉、中郎将、水衡都尉、后将军，率军击败武都氐族的叛乱，并出击匈奴，俘虏西祁王。昭帝死后，与霍光等尊立汉宣帝，封营平侯。后任蒲类将军、后将军、少府，神爵元年（公元前61年），宣帝采用赵充国的计策，平定羌人叛乱，并进行屯田。次年，诸羌投降，赵充国病逝后，谥号"壮"。为"麒麟阁十一功臣"之一。（参照百度百科网站资料，网址：http://baike.baidu.com/link?url=WuVb-dK_）

苏武使匈奴，

单于日益骄。

劝降辱高洁，

囚禁囹圄窖。

断粮绝饮食，

打入死囚牢。

天降鹅黄雪，

地冻饥寒交。

卧啮寒露霜，

仰咽鹿毡毛。

牧羝蛮荒地，

掘食野鼠草。

日饮羔羊酒，

夜闻虎狼嚎。

扣留十九载，

忍辱持节操。

鸿雁传佳讯，

衣锦归汉朝。

麟阁鸣九皋！

（8）《破胡壮侯扬汉威——陈汤》（仿（汉）苏武《留别妻》）

自幼喜书卷，博学又通达。

受命为郎官，英姿复勃发。

出使到西域，一心为汉家。

冲锋身在前，陷阵把敌杀。

捣灭康居房，威震昆山峡。

智勇斩单于，万夷来向化。

寒取猷侯旗，功勋灿如霞。

雪尽谷吉耻，美名传天下。

（八）红粉飘零思故乡——汉家公主

1.《阳关三叠琵琶泪——刘细君①》（仿汉代无名氏《江南》体）

乌孙路迢迢，琵琶声声碎。

细君伤别离，细君悲秋歌，细君思故乡，

细君扶汉室，细君魂欲归。

2.《乌孙公主葬胡天——刘解忧②》（仿汉无名氏《梁甫吟》体）

解忧和亲苦，西行千万里。

蛮域嫁三王，萧索何凄凄。

粉黛妆莎车，香泪洒伊犁。

红颜出汉室，白发归故里。

历尽风霜岁，荏苒半世纪。

纵然女儿身，汗青明大义。

---

① 乌孙公主刘细君（？—前101年），西汉宗室，汉武帝刘彻侄子江都王刘建之女。元封六年（前105年），汉武帝为抗击匈奴，派使者出使乌孙国，乌孙王猎骄靡愿与大汉通婚。汉武帝钦命刘细君和亲乌孙，并令人为之做一乐器，以解遥途思念之情，此乐器便是"阮"，亦称"秦琵琶"。猎骄靡死后，刘细君随从乌孙国风俗，嫁于猎骄靡之孙军须靡，生一女，名叫少夫。太初四年（前101年），刘细君去世。（参照百度百科网站资料，网址：http://baike.baidu.com/link?url=WuVb-dK_）

② 元康二年（前65年），正当解忧公主五十六岁的寿辰，赤谷城王宫摆下盛筵，佳肴美味，时鲜瓜果，琳琅满目。西域三十六国的王公应邀前来，赤谷城汉家公主的宫殿里贵客满盈，君臣痛饮，畅话乌孙国几经磨难，从敦煌一带西迁伊犁河谷，到如今和匈奴平起平坐，而且成为西域三十六国的领头羊的可喜变化。解忧的故友常惠将军在祝寿席间，即兴成咏，作了一首小诗，诗曰：群山环抱着你啊，美丽的赤谷都城；碧波万顷的阗池湖啊，也好似扬波歌颂。蜂飞蝶舞般的各族人民啊，如同百鸟朝凤；乌孙山的塔松高耸入云啊，装点着西天山的苍穹。四海之内谁不知道啊，大汉王朝的中兴天下无比；畅饮甜水时要思源啊，乌孙国的兴盛来源于乌汉联盟。德高望重的乌孙王啊，堪称乌孙国的一代精英；有目共睹啊，汉家的和亲公主个个都沥血呕心！（参照百度人物百科网站资料："汉朝和亲公主"，网址：https://www.maigoo.com/citiao/）

3.《锦车持节冯夫人①》（仿汉无名氏《梁甫吟》体）

出身寒门室，

侍嫁乌孙地。

生性绝聪颖，

多才且多艺。

谦恭善辞令，

燕语通四夷。

危难显身手，

持节成大义。

干戈化玉帛，

胡汉结兄弟。

冯嫽美夫人，

青史话传奇。

4.《千古红颜汉宫女——王昭君》（仿汉无名氏《梁甫吟》体）

仙娥羞花貌，

丰容靓霓裳。

光明照汉宫，

妩媚惊虏王。

平沙落秋雁，

大漠尽苍凉。

为求边城静，

---

① 冯嫽，生卒年不详，西汉著名女政治家、外交家，也是中国历史上第一位女外交家。太初四年（前101年），随公主刘解忧远嫁和亲到乌孙国。由于她多才多智，成为刘解忧的得力助手。后嫁给乌孙右大将。她在协助刘解忧加强汉朝同西域诸国之间的友好关系方面，做出很大贡献，深得西域各国人民的敬服，因此尊称她为冯夫人。（参照百度百科网站资料，网址：http://baike.baidu.com/link?url=WuVb-dK_）

泪湿胡帷帐。

金殿锁春深,

鸿雁寄情伤。

千年枕青冢,

空留一缕香。

(九)《春风不度玉门关①——西域赋》(仿司马相如《上林赋》体)

孝武帝时始通西域。本卅六国,其后为五十余也。皆地处匈奴之西,乌孙之南,与汉隔绝也。南北倚昆仑,东厄玉门,中央大河也。东西六千余里,南北千余里,自二关②出,南北双道,可分至其诸国也。从鄯善南山,经波河行至莎车,此为其南道,逾葱岭至月氏、安息;自车师出,经波河至疏勒,此为北道,逾葱岭出大宛、康居,广袤而有城郭田储也。

且夫诸国之事,实足堪道矣!君不见苍山大漠,黄沙漫漫而尘烟四起。北风催,百草寒。千峰绝飞鸟,万壑哀胡雁。羌笛萧索,琵琶幽怨。碎石如斗,冰雪似刀,瀚海入霜天。汤汤乎长河落日,暮色照平川。

遥想当年,周秦腹地,"西皇降金液"③,少皞君临庚辛,天神辉耀辰星,凤凰妙舞翩跹。穆王眷顾,瑶池会仙,王母邀羽觞,饮佳酿,吟诗篇,鼓乐齐鸣,裕兴犹酣。匈奴狂虏,淫威四溅。"攻城屠邑,殴略畜产",烽火狼烟。独霸西土,四方震颤。

秦皇扫六,一统江山。北伐击虏,虎踞雄关。嘉峪临洮,万里天堑。攘却戎狄,庶务屯田。兵临上郡,踏破贺兰。叱咤风云,气冲霄汉。高祖寇敌,白登被困,平城辱汉。无奈远嫁宗女,和亲求安。赠丝送粮,结为

---

① 摘自唐代王之涣的《凉州词二首·其一》。
② 二关指玉门关和阳关。
③ 宋欧阳修、范仲淹等《剑联句》:"南帝输火精,西皇降金液。""西方""西极""西域"皆是指周地。

古代卷 "呦呦鹿鸣"
第四章 柔丝滑杼白绸缪——汉风丝韵

兄弟，缓解边患。于是乎细君愁怨，哭别长安，昭君出塞，北风凄寒，解忧潸然，悲苦霜天。冯嫽明大义，临危受命，从容斡旋，结好胡汉。汉武大略，中央集权。贤良举策，泰山封禅。盐铁官营，发展生产。物资充足，廪实仓满。运筹帷幄，三抗匈蛮。横扫漠北，荡涤祁连山。高垒朔方，收复河南。壮志凌云，气势如虎，抚疆镇边。

于是乎英雄并起，豪杰四出。卫青威武，智勇双全，战功卓著。号令严明，体恤兵卒。万夫不当，击破匈奴。追封忠烈，光宗耀祖。李广将军，雁门飞骑，龙骧虎步，夷贼畏服。去病善战，两出定襄，用兵如神，势若破竹。迂回闪电，河西逐鹿。频繁告捷，封狼居胥。俘获金人，城汤若固。程不识，正部曲，军威严谨，马不卸鞍，整饬有肃。陈汤多谋，远征异域，斩杀郅支，出奇制胜，彪悍英武。苏武持节，风霜雪雨，历尽磨难，坚贞不屈，北海牧羊，鸿雁传书，英名永驻。

于是乎天降大任，张骞凿空，百折不挠，立业兴功。天方咫尺，海角毗邻，东西连通。携乌孙使者之手，秦晋情浓。引大宛汗血之马，日行千里，驰骋疆场，逐日追风。入大漠戈壁蛮荒之地，机智从容。献华美光洁之丝，结好友邦，声名赫赫，誉满苍穹。

于是乎南臣北使，胡商贩客，纷至沓来，设置都护，治理诸国，"秩比千石"，守土安境，戍卫关隘。推行政令，属官驻军，安营扎寨。校尉屯田渠犁，士卒积谷轮台。百工、千长、当户，绶印尽显风采。开幕府统领行国，设督查镇乱攘外。郑吉击破车师，管辖天山，威震九垓。迎得日逐降汉，"僮仆"章更弦改。修筑乌垒，抚慰边塞。指点军事，身先为率。厉兵秣马，号令千百，勇略兼备，宣明正气，功绩卓著，永载史册，继往开来。

于是乎窦固讨贼，兵发酒泉，勇夺伊吾，大破呼衍，设置都尉，击降外蛮。班超经营，气概非凡。鄯善归附，英勇果敢。审时势，度变化，入虎穴，定于阗，平疏勒，降大汉。上书陈表，以夷制夷，公忠体国，心系黎元。百姓拥戴，相得无间。恩威并施，力排谗言。联乌孙，攻莎车，降服康居，收复乌即，击破月氏，反正拨乱。扶持龟兹，策无遗算。抚慰焉耆，当机立断，西域内外，称臣贡献，妇孺皆知，威名震天。万里之外，封侯定远。食邑千户，荣归长安。一代忠烈，日月可鉴！

　　于是乎天山南北，交河上下，诸族融融，其乐洋洋，民来而客往。殊俗四夷，文书八荒。和阗塞语，焉耆谜章。拜火袄，崇萨满，尚摩尼，传"真常"①。青灯梵香，纷然道场。胡服各异其装，嘉言齐芳。精绝殷实②，龟兹通商。羌人受印，归义中央。

　　于是乎军阀割据，董卓倾汉，三国兴，五胡乱。匈奴陨，蒙古悍，鲜卑起，频仍战。南北更迭，东西巨变。七国对峙，相持逾三百年。百姓苦，饮饥寒，烽火遍地，四野狼烟，同室操戈，相煎互残。突厥歇罢，柔然临巅。铁勒兼并，厌哒入蛮。法显远渡，求取佛法，历西域，访诸国，集经典。前凉王③，创高昌，藏美艳。"执万国之玺，正无极之殿"④。嗇夫里正，化俗中原。麹氏兴，崇圣贤。尊儒道，施仁念。供素王，绘孔先。车师谴使，魏王觐见。仰慕天子，敬呈表献。于是入侍子以思恩，情归大汉。感皇极之遗厚，蒙圣泽之降念。更有后凉吕光，鹰扬彪悍。降服焉耆，破虏龟兹，威震西番。宋云行，惠生随，出西域，入乌场，游天竺，拜众仙，宣孔老，崇梵宇，录见闻，记《伽蓝》⑤。南台临北寺，青灯绕梵烟。莫

---

① 此处"真常"指景教。
② 精绝指西域精绝古国。
③ 汉末，内地烽烟遍地，百姓为避战乱，经过河西走廊迁居高昌，高昌的汉族人越来越多。前凉王张骏平定戊己校尉赵贞的叛乱后，设高昌郡，下设县、乡、里，内地的行政管理制度第一次在西域推行，为高昌王国的建立奠定了基础。（参照百度文库网站资料，网址：https://wenku.baidu.com/view/）
④ 焉耆前部、于阗王都派使者贡献地方特产。在河中得到一块玉玺，上面有"执万国，建无极"的字样。（参照360个人图书馆网站资料，网址：http://www.360doc.com/content/14/0326/06/9846）
⑤ 杨衒之所撰的《洛阳伽蓝记》综合收录了宋云等人的记述，因以宋云为主线，后人将这一部分文字称为《宋云行纪》。

古代卷　"呦呦鹿鸣"
第四章　柔丝滑杼白绸缪——汉风丝韵

高窟，千佛洞，菩提飞天神工现。石"龙门"[①]，伊河畔，卢舍那，佛光灿。麦积山，秦岭环，摩崖刻，曲溪湍。"云冈"[②]巅，释祖坐，韵飞扬，播妙禅。人文经济，融汇胡汉。铁具牛耕，得法中原。绝域种水稻，高岭植桑棉。珪组琛宝，振曜遐关。于阗玉，高昌酒，龟兹乐，北齐舞，凉州曲，锦瑟弦。四书五经，科考登殿。引国学，习儒典。研修《论语》之精髓，品读《诗经》之佳篇。[③]承袭绘画之技法，挥洒中西之点染。《维摩诘》设凹凸[④]，《女史箴》绘联绵[⑤]。百语齐辉，众香绽放而争艳，荒蛮宾服，同文共轨，裕后光前。

于是乎岁序更迭，贞元会合易服色，城头变幻大王旗。承南北乱世，启大唐福祉。建大隋之业，灭突厥之威，败吐浑之军，统河西之地。勒民堡，开互市，烽堠彼此相望，镇戍互为相依。联姻和亲[⑥]，委官治理。恭仁有方，裴矩经营。改革立郡[⑦]，空虚故地[⑧]。撼动御驾之征，开拓边土之疆，激扬"开皇之治"。唐袭隋脉，兴建鸿基。贞观盛世，所向披靡，太宗平定东突厥之乱，降诸部于漠北，设州县于西伊。实行均田、建制府兵，

---

① 指龙门石窟。
② 指云冈石窟。
③ 指高昌国学习汉学，在吐鲁番出土了《诗经》《论语》等儒家经典。
④ 张僧繇擅作人物故事画及宗教画，时人称为超越前人的画家。梁武帝好佛《五星二十八宿神形图》，凡装饰佛寺，多命他画壁。所绘佛像，自成样式，被称为"张家样"，为雕塑者所楷模。亦精肖像，并作风俗画，兼工画龙，有画龙点睛、破壁飞去的传说。他曾在建康一乘寺门上用天竺（古印度）画法以朱色及青绿色画"凹凸花"，有立体感。姚最《续画品录》中说："善图塔庙，超越群工。"张彦远家曾藏有张僧繇的《定光如来像》，并亲眼看到过他的《维摩诘》《菩萨》等作品。张僧繇生平勤奋，《续画品录》说他"俾昼作夜，未曾厌怠，惟公及私，手不释笔，但数纪之内，无须臾之闲。"足见他业精于勤的可贵精神。在色彩上，吸取了外来影响。（摘自百度文库网站资料，网址：https://wenku.baidu.com/view/2）
⑤ 指顾恺之的《女史箴图》。
⑥ 公元612年隋炀帝还将华容公主嫁给高昌王麴伯雅为妻，高昌国臣服隋朝。
⑦ 隋靠凉州总管贺娄子干发动河西的凉、甘、瓜、鄯、廓五州兵进行反击。
⑧ 公元609年，隋炀帝亲自率军至西平郡，准备一举消灭吐谷浑的势力。此后，隋将吐谷浑的主力包围在了覆袁川，吐谷浑王伏允仅带几十个亲随逃走。这次战役彻底击溃了吐谷浑的主力，史称吐谷浑"故地皆空"。（摘自百度文库网站资料，网址：https://wenku.baidu.com/view/2）

兴办学校，教民成器。安西庭州，都护聚力。坚守"四镇"[1]，辅卫"瑶池"[2]。分辖昆陵、蒙池之地，封诸侯以羁縻[3]。击退吐蕃，葱岭守捉，攻破碎叶，痛打突骑[4]；用兵石国，抵御大食；安史祸乱，回鹘西迁，雄踞霸主，万象归一。

于是沧海桑田，岁月长河激荡。赵宋百代，繁华散尽，烟尘过往。曾几何时，契丹崩塌，耶律创建西辽[5]，一统高昌。尊儒学以宽民，轻徭而薄赋，柔远而怀来，海纳百川而染中原汉俗也。而后有蒙元之崛起，大举西征，八方依附，九土归降。直辖绿洲，分领草原，首行尚书之省于北疆[6]。窝阔台设驻地，察合台置牙帐。融诸族以成土著，建宗藩，属中央，平叛乱，发工匠。兴农耕，屯戍田，铸兵器，利经商，与天下共昭彰。

于是驹光过隙而逝，改朝代，易服色，"朱明"兴，写春秋。设卫所于关内[7]，筑土城于肃州。敦派哈密长史，委"纪善"，开互市，广招揽，促商贸，易茶马，通有无，禁欺瞒，乐无忧。

可叹好景短，皇家惜锦绸，西藩乱，边境忧。筑大堡，修墙壕，垒墩台，御胡寇。四海之内，邦国林立，商路断绝，偃旗息鼓。

---

[1] 四镇指碎叶（今吉尔吉斯斯坦托克马克市附近）、龟兹、于阗、疏勒四个军事重镇，史称"安西四镇"。

[2] 同时设立隶属安西都护府的瑶池都督府，任乙毗咄陆系的阿史那贺鲁为瑶池都督，管辖西突厥原役使的西突厥十姓地区。至此，唐王朝基本上完成了对西域的统一。

[3] 将葱岭以西，原隶属西突厥的吐火罗（今阿富汗北）、波斯（今阿富汗扎兰季市一带）、昭武九姓（今锡尔河以南至阿姆河流域）等十余国设为羁縻府州，封其诸侯国王为都督或刺史，隶属安西都护府，以作为西域西部的外围保障。（摘自百度文库网站资料，网址：https://wenku.baidu.com/view/2）

[4] 指控制西突厥十姓地区的突骑施部落。

[5] 1124年，契丹贵族耶律大石率众西走，至1132年在西域建立了西辽王朝。这个政权对西域宗教的演变和汉文化的传播产生了深远影响。（参照张权."宋元时期的西域民族"，《新疆地方志》，2003年第1期，第51–53页）

[6] 元朝先后在高昌、北庭等地建立了各种军政管理机构以行使职权。1252年，蒙古汗国在西域设立别失八里等处行尚书省，管理畏兀儿至阿姆河之间的农耕区域。这是中央政府在西域首次设省。（摘自百度文库网站资料，网址：https://wenku.baidu.com/view/2）

[7] 指嘉峪关。

民族向化，诸藩回流①。时清肇兴于东海，统大漠蒙古，受九白朝贡②，平准保藏③，帷幄运筹。荡平大小和卓，统一回部，永业鸿休。扩广袤版图，纾西顾之忧；铲西北之边患，理蕃置院，伊犁封侯。抗"浩罕"之强侵，迎"㫓特"④之归流。可恨沙俄鞑虏，占我国土，欺我百姓，形同走兽！幸有忠臣良将，重整旧河山，御外敌失地复收，夫以行省⑤之制，达中央政令，以固主权统一，以促边疆之发展也。

遥望异域遐方之地，海瀣山陬，多少故事，难诉过往，乃慨然作赋，聊寄千古风流。

二、"伊凉歌声助慷慨"⑥——东汉重光

（一）《胡商走洛邑》（仿汉无名氏《古诗十九首》体）

推罗⑦富商贾，

迢迢赴中土。

悠悠曼陀铃，

绿洲现木鹿。⑧

贵霜⑨水草美，

大夏⑩牛羊肥。

---

① 赵俪生．"明朝的西域关系"，《东岳论丛》，1980 年第 1 期，第 86–91 页。
② 清朝肇兴于东北，在其入关前已统一漠南蒙古，而漠北蒙古喀尔喀诸部也向清进九白之贡，与西蒙古卫拉特诸部同为清的"朝贡之国"。
③ 指平定准噶尔叛乱。
④ 指土尔扈特率部回归；浩罕指阿古柏的浩罕国入侵南疆。
⑤ 指新疆建立行省。
⑥ 摘自清俞明震《月夜登兰州城楼望黄河隔岸诸山》诗句。
⑦ 指黎巴嫩南部行政区中的城市。
⑧ 指土库曼斯坦默伏古城。
⑨ 指贵霜帝国（Kushan Empire），古国，国祚始自公元 55 年，425 年亡。127—180 年为其巅峰时期。疆域从今日的塔吉克斯坦绵延至里海、阿富汗及印度河流域。
⑩ 大夏（Tokhgra, Tochari）：中亚和南亚次大陆西北部的古国名。

于阗羌笛远，

楼兰彩云飞。

洛邑绶金印①，

永结千秋岁。

（二）《甘英使大秦》（仿汉无名氏《燕赵多佳人》体）

班超遣甘英，

万里赴大秦。

率队发龟兹，

疏勒西行吟。

纵马驰安息，

寒露湿衣襟。

条支②海茫茫，

潋滟波粼粼。

妖女③展歌喉，

归途袅余音。

---

① 曹魏时，洛阳通日本道经战乱之后继续开通。景初二年（238年）六月倭国女王卑弥呼道使臣难升米、牛利等至魏都洛阳贡献班布等。十一月魏明帝诏封卑弥呼为"亲魏倭王"，并回赠各种颜色的精美丝织品（见证《三国志·魏书·东夷传》），引起了女王的极大兴趣，于是她在10年之内，先后四次遣使到中国考察，学习中国的提花、印染等丝织技术，中国的丝织技术自此始传入日本。正始元年（240年）魏派出建中校尉梯俊等回访日本，给日本带去了金、帛、锦、厨、刀、镜、采物等礼品，并向神皇后赠赐"亲魏倭王"金印一枚。正始四年（243年）十二月，倭女王复遣使大夫伊声耆、掖邪狗等8人，向魏献牲口、倭锦、青嫌、绿衣、昂布、短弓矢、丹木等。（摘自河洛文化网站资料，网址：http://www.hlwh.net/html/）
② 条支，古国名，泛指时为古地名。在今霍尔木兹海峡处。
③ 有学者指出，安息船人所说的"海中善使人思土恋慕"的，很可能即希腊神话中以歌声迷惑水手的塞壬女妖。

（三）《营盘美男》[①]（仿东汉秦嘉《述婚诗》体）

营盘男子，

雍容华贵。

金箔为饰，

涂白描眉。

罽袍[②]艳丽，

绢绣花蕊。

足蹬毡靴，

香囊作佩。

西域来客，

惟妙惟美。

（四）《班超赋》（仿照班固《幽通赋》赋四）

班超，字仲升，扶风平陵人，系彪之少子也。荫先祖之德福兮，怀壮志而龙渚。望北溟以踌躇。涉群经而博闻兮，慕张骞之宏图。孝高堂而恭谨兮，审世事以参悟。安贫道而乐贱兮，执居家之勤苦。善口吃之辩给兮，襟豁达而大度。为官佣之笔吏兮，有冯翼[③]而养服。生燕颔而虎颈兮，伟仪表而傲俗。效飞鸟而凌羽。仰介子之功业兮，思鸿渐之高屋。

[①] 营盘在今新疆尉犁县，距离楼兰古城近200公里，是西域交通线上的枢纽重镇。在那里分布有古城、烽火台、佛寺和大型墓地，遗迹现象十分丰富。其位置大体在文献中提到的"山国"境内，即汉代的西域墨山国。仰赖新疆得天独厚的干燥环境，营盘墓地的大量有机质文物在出土时保存仍相对完好，十分难得。而营盘15号墓则是墓地中保存最好的一座墓葬。（参照百度百科网站资料，网址：、https://baike.baidu.com/item/）

[②] "罽"音同"计"。韦庄有诗曰："罽袍公子樽前觉，锦帐佳人梦里知。"其中的罽袍公子，实与纨绔子弟同义，都是用华丽的服饰装扮来指代表现公子哥们的富贵。所谓罽，是指皮毛织品，颇为贵重。（摘自百度文库网站资料，网址：https://wenku.baidu.com/view/2）

[③] 冯翼：冯、盛、大，《列子·汤问》："帝冯怒。"翼：明，《书·武成》："越翼日癸巳。"传："翼，明也。"故冯翼即广大透明之空虚。

69

弃兰台之章属兮，共军戎于行伍。赴万里而远征兮，踏胡尘于西土。度关山而迥眺兮，眷故乡之江湖。枕月夜而遥思兮，饮蒲海之甘露。挥亮剑而善战兮，带甲胄于黄沙兮，使西域以通途。入鄯善之虎穴兮，扬汉军之勇武。施巧计以火攻兮，灭匈奴以震怖。显果敢以威慑兮，令君王以臣服。

　　奏凯歌其回师兮，纳胡虏而拜投，蒙圣恩之天光兮，铭司马之功酬。挈吏士之助力兮，发于阗而尽道。斩巫蛊而说王兮，碎匈奴之索求。复皇庭之威德兮，襄秦晋而结友。除八方之祸患兮，引黎元而吟讴。兴经年之废弛兮，泯楚汉之恩仇。惜天山之皓月兮，照龟兹而云幽。叹戈壁之狼烟兮，驱瘦马于沙丘。趁"兜题"①之不备兮，立忠王而自守。宽疏勒而设营巢，厥后而怀柔。遣使者而释罪兮，张大义而有谋。宣金銮之玉殿兮，播文明之灵湫②。彰日月之浩荡兮，化干戈而鸿休。不让春秋之武、牧③兮，堪比宋、明之飞、猷④。荡魍魉于弹指兮，经纬百尺竿头。察地利于周密兮，镇抚浊龙虎虬。郁郁围盘蠡之城兮，慰焉耆于势孤。系疏勒之父老兮，戍边陲而独处。念于阗之百姓兮，使抱马而留足。献赤诚之丹心兮，置生死于不顾。率昂昂之劲旅兮，破尉头之合乌。发奄奄之弱穴兮，攻蛮夷之蝼蛄。领佼佼之精兵兮，灭姑墨之狼突。凭黄老之六韬兮，却龟兹之末路。陈时局之利弊兮，上制夷之鸿疏。仰子文⑤而效古兮，乃于葱、雪⑥坦步。仿魏绛⑦

---

① 兜题，东汉时疏勒王，本来是龟兹人，任龟兹左侯。
② "湫"指水潭。
③ "武、牧"指春秋战国时期的军事家孙武和李牧。
④ "飞、猷"指南宋抗金名将岳飞和明代抗倭名将俞大猷。
⑤ "子文"指张骞。
⑥ "葱、雪"指葱岭和天山。
⑦ 魏绛（？—前522）：姬姓，魏氏，名绛，谥号为庄，故史称魏庄子，春秋时晋国卿。其先祖为庶人，与周同姓，因伐纣有功被周武王封于毕，于是以毕为姓。到毕万时，事晋献公，伐霍、耿、魏等国有功，封于魏，遂又以魏为姓。魏绛最后被封为文侯，其家住在今山西省新绛县横桥乡文侯村，文侯村因此而得其名。"魏绛和戎"，即魏绛用议和的策略，争取到晋国周边各少数民族的拥护，使晋国稳定，同时也为民族融合创造了条件。（摘自百度文库网站资料，网址：https://wenku.baidu.com/view/2）

而结盟兮，变通诸国贡属。挥幢麾①以益战兮，联乌孙而襄助。杜"三至"②以避谗兮，遣妻子而归都。抱千军以同德兮，立中夏而威服。怀加过之社稷兮，贯日月以匡扶。攘外狄之丧师兮，挫凶横以无阻。筹帷幄其胜算兮，败莎车于危虚。彰睿智其修远兮，克月氏于惊惧。平康居之叛乱兮，化干戈为帛玉。扶龟兹之白霸兮，著功勋成都护。

有玉门之关隘兮，寇害猖于边萌③。擂角鼓之声声兮，惮兵士于瓮城。借惊天之胆量兮，破尉犁如疾风。宴诸王以羽觞兮，欲擒贼而故纵。斩敌首于笑谈兮，开攻以决胜。惩温宿之鸟兽兮，成俯仰之拱。安乌孙之锦绣兮，挟昆弥以宾从。制蛮以奇勇兮，雪宿耻以先登。不动中原之财力兮，不烦兵家之戎。辛能奋西域之略兮，安边于服众。慷慨而定绝域之远兮，报祖庙之鸿勋。封千里之侯爵兮，归故里而雍容。写卅载之春秋兮，促衢地之交融。得胡夷之和睦兮，使异俗之心同。察天时之玄机兮，顺人和之情踪。晓阵法之奥妙兮，本古训之变通。被金甲于一身兮，冒死难而效忠。蒙黄门之隆恩兮，感天地于九重。

赞曰：一代英臣，乃人杰兮。摧天折柱，扫乾坤兮。奇智神勇，荡胡尘兮。审时度势，功盖世兮。以夷制夷，饬边乱兮。舍生取义，民甚爱兮。忠君报国，正气歌兮。彪炳青史，千古颂兮。

（四）《文姬④归汉》（仿陶渊明《蜡日》体）

寒云送秋雁，胡风吹塞边。
羌管吟佳人，涕泪望霜天。
我唱尔听得，酒歌待红颜。

---

① 幢麾指旌旗仪仗。
② "三至"指"三至之谗"，即形容反复传播的诽谤性语言。
③ "边萌"指边民。
④ 蔡琰（约174—239年），字文姬，别字昭姬，陈留郡圉县（今河南杞县）人，东汉时期女性文学家，文学家蔡邕之女。博学多才，擅长文学、音乐、书法。

关山出明月，文姬把家还。

（五）《五星出东方利中国》（仿东汉马援《武溪深行》体）

灼灼五星出东方，

鸟鸣婉转，

锦绣韵扬

嗟哉蜀丝多煌煌！

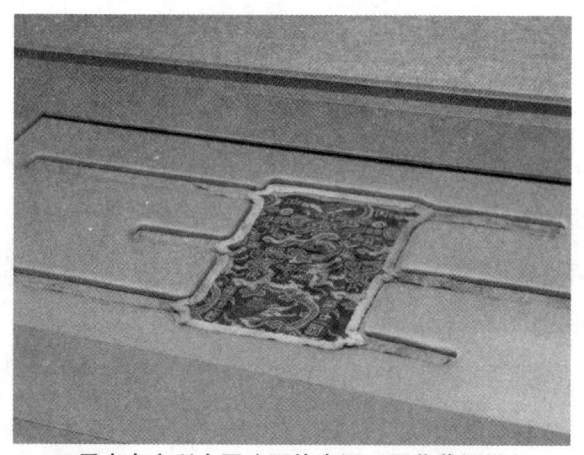

五星出东方利中国（图片来源：周紫薇提供）

三、"海上风来动绮罗"[①]——汉代海上丝绸之路

（一）《丝路启航》（仿曹操《短歌行》体）

汉武遣使，奏乐轩辕[②]。

---

① 摘自唐代许浑《闻州中有宴寄崔大夫兼简邢群评事》诗句。
② 指《云门》中的"轩辕氏之乐歌也"。

古代卷 "呦呦鹿鸣"

第四章 柔丝滑杼白绸缪——汉风丝韵

海色徐闻，桴意日南①。

黄金丝帛，物博仓满。

齐道并橹，乘风策帆。

横越马来②，俯瞰都元③，月明云散。

伴晦朔行藏，斗转星移，西去千里，巴蜀驳船。

暮霭笼罩，水漫碧天。

朝发蓬迪，夕达夫甘④。

波光粼粼，晚霞灿烂。

万仑千岛⑤，辗转流连。

跋山越岭，遥望瓜巴⑥，徘徊港湾。

驰骋六坤⑦，山国⑧辗转。

潮起潮落间，瀚海辽远无边。

呵克厄呵⑨，商队频繁。

中国铜镜，罗马灯盏，念珠徽章，天禄琳琅苑。

---

① 指日南郡，中国古代行政区划。地域在今越南中部地区，治西卷县（今越南广治省东河市）。汉武帝元鼎六年（公元前111年）设郡，辖地包括越南横山以南到平定省以北这一带地区，现今的顺化、岘港等地都在日南郡的范围内。东汉后期，日南郡南部兴起了林邑国（占婆国），不断对郡境侵犯蚕食，南齐以后撤废。（摘自百度文库网站资料，网址：https://wenku.baidu.com/view/2）
② 指马来西亚。
③ 指都元国，古国名。故地或以为在今印度尼西亚苏门答腊岛东北部，或以为在今马来西亚马来亚西部。
④ 夫甘都卢国：古国名。故地或以为在今缅甸伊洛瓦底江中游卑谬附近。
⑤ 指泰国万仑府。
⑥ 指泰国达瓜巴府。
⑦ 古港名。一作六昆。即今泰国马来半岛的洛坤（那空是贪玛叻）古为马来族建立的洛坤帝国之都城。建城逾四年，是马来半岛上最大最古名城。
⑧ 山国原址在今新疆吐鲁番县西南。都城是墨山城。
⑨ 指柬埔寨呵克厄呵遗址出土文物。

73

　　　　黄支①献犀，汉威声远。

　　　　邑卢没国②，沉舟侧畔。

　　　　白浪茫茫，平沙浩浩③，勾陈沧海桑田。

（二）《徐闻潮头》（仿朱穆《与刘伯宗绝交》体）

　　　　雷州半岛，合浦之东。

　　　　徐闻华丰，又名"七旺"。

　　　　南越腹地，流经周江。

　　　　伏波平叛，汉港出航。

　　　　举目珠崖，盛产琳琅。

　　　　琼州对渡，海岸绵长。

　　　　大浪古城，漫诉沧桑。

　　　　海上丝路，长风破浪。

（三）《南越王墓遗珍》（仿戚夫人《春歌》体）

　　　　红珊瑚，玉牙雕。

　　　　红海乳香飘，埃兰银盒俏。

　　　　波斯花玛瑙，赵天骄。

---

① 亦作"黄枝"。古国名。一般以为在今印度马德拉斯西南的甘吉布勒姆。《楚辞·王逸〈九思·伤时〉》："陟丹山兮炎野，屯余车兮黄支。"原注："黄支，南极国名也。"《汉书·平帝纪》："二年春，黄支国献犀牛。"《隋书·炀帝纪下》："提封所渐，细柳、盘桃之外；声教爰暨，紫舌、黄枝之域。" 章炳麟《訄书·冥契》："是二子者（耶稣、穆罕默德），西隔昆仑，而南隔黄支之海，未尝一觌尚父之苗裔，诵其图籍，而称号卒同。"（参照百度百科网站资料，网址：https://baike.baidu.com/item/）

② 古国名。故地或以为在今缅甸勃固附近。据《汉书·地理志》所述，古代从中国南部至印度半岛的海上交通线经此。中世纪时，阿拉伯人记载的 Ruhmi、Rahma、Rahman 等，可能皆指此地。（参照百度百科网站资料，网址：https://baike.baidu.com/item/）

③ 引用白居易《浪淘沙》诗句。

（四）《安敦遣使通汉》（仿汉佚名《生年不满百》体）

大秦拓疆土，君王征安息。

经略波斯湾，通衢贯东西。

交市予汉缯，日南①献珍稀。

象牙诚可贵，金犀复离奇。

"天涯若比邻"，"海内存知己"②。

（五）《翁人》（仿汉佚名《生年不满百》体）

昆仑③有翁人，深目高鼻梁。

身如黑漆胶，拳发性温良。

跣足单皮裤，体健宽肩膀。

沦为蕃属奴，使做俳优④郎。

生而尤可叹，漂泊在他乡。

（六）《骊靬（黎靬）》⑤/亚历山大港（仿汉苏武《留别妻》体）

良港谷穗丰，琉璃光影幻⑥。

碧海都王城，荟萃玉琅玕⑦。

丝路频来往，使者赴长安。

---

① 指日南郡，中国古代行政区划。地域在今越南中部地区，治西卷县（今越南广治省东河市）。
② 摘自唐代王勃《送杜少府之任蜀州》的诗句。
③ 古代指南洋。
④ 指滑稽奴仆。
⑤ 骊靬是公元前4世纪托勒密王朝的都城亚历山大港，汉代史书用此称。
⑥ 20世纪初，河南一座汉墓发现亚历山大城生产的模制玻璃。（参照林梅村.《丝绸之路考古十五讲》，北京大学出版社，2006年8月版，第118页）
⑦ 指当时的沙罗毗斯神像、希腊双面神像、费昂斯玻璃项链等埃及亚历山大城的产品纷纷传入丝绸之路南道的于阗。（参照林梅村.《丝绸之路考古十五讲》，北京大学出版社，2006年8月版，第118页）

于阗聚孔道，客居在中原。

（七）《埃及艳后①》（仿汉无名氏《兰若生春阳》体）

明月照玉河②，

紫帆映碧波。

鼓乐鸣彩彻，

胡璇③伴兰歌。

金帐掩春色，

粉扇香绮罗。

珠玑绕银蛇，

艳酒行觞酌。

绝代风姿绰，

君王醉沉疴。

---

① 埃及艳后是克娄巴特拉七世（意为：父亲的荣耀），前69年1月或前70年12月—前30年8月12日，是古埃及托勒密王朝的最后一任女法老。此诗描写她与罗马君主安东尼在尼罗河的一条船上会面相聚的情景。

② 据说，克娄巴特拉七世乘坐一艘紫帆银桨的镀金大船，从埃及出发，先到西利西亚，再经后德诺斯河抵达塔尔索斯。这艘船上挂着用名贵的推罗染料染成的紫帆，船尾楼用金片包镶，在航行中与碧波辉映，闪发光彩。女王扮扮成爱神阿佛洛狄忒的模样，安卧在穿着金线，薄如蝉翼的纱帐之内。美丽的童子侍立两旁，各执香扇轻轻摇动。装扮成海中仙子的女仆，手持银桨，在鼓乐声中划动。居民们见此情景，疑是爱神阿佛洛狄忒乘着金龙来此与酒神（安东尼）寻欢作乐。人们奔走相告，观者如潮。安东尼被邀至船上赴宴，看到克娄巴特拉七世迷人的风姿，优雅的谈吐，神魂颠倒，不知所措。他非但把责问克娄巴特拉七世在共和派反对"三头"战争中的暧昧态度的问题抛到九霄云外，而且立即一一答允她所提出的要求，甚至答允她杀害埃及王位的继承人和竞争者，当时避难于以弗所的异母妹妹雅西斯。不出数日，这个武夫完全成了她的俘虏，跟随她一起去了埃及。他们在埃及一起度过了公元前41—前40年的冬天。（摘自百度文库网站资料，网址：https://wenku.baidu.com/view/2）

③ 胡璇指胡旋舞，是由西域康居传来的民间舞，据清代学者魏源在《圣武记》中考证："哈萨克左部游牧逐水草，为古康居。"胡旋舞的特点是动作轻盈、急速旋转、节奏鲜明。胡旋舞是因为在跳舞时须快速不停地旋转而得名的。（参照百度百科网站资料，网址：http://baike.baidu.com/link?url）

古代卷 "呦呦鹿鸣"

第四章 柔丝滑杼白绸缪——汉风丝韵

（八）《亚历山大灯塔[①]》（仿汉无名氏《古绝句》体）

高台筑灯塔，

洁白灿海崖。

昼夜引光华，

璀璨耀云霞。

（九）《骊靬古城[②]》（仿汉无名氏《古乐府》体）

骊靬千万里，

商贾集杂胡。

深目三斑黑，

"更乘梓牡马"[③]。

[①] 亚历山大灯塔是世界著名的七大奇观之一。遗址在埃及亚历山大城边的法罗斯岛上。灯塔约在公元前280—278年建成，巍然屹立在亚历山大港外1500年，但因在两次地震中极度受损，最终于1480年完全沉入海底。（摘自百度文库网站资料，网址：https://wenku.baidu.com/view/2）

[②] 骊靬古城，又名"犁靬古城"，位于中国甘肃省金昌市永昌县（今焦家庄乡者来寨），海拔2400米左右，始建于西汉时期（公元前36年），是古丝绸之路上重要的城市和军事要塞，也是中国历史上重要的民族融合性典型城市，古城建筑以伊特鲁里亚建筑技术、古希腊建筑技术和汉朝建筑融合风格为主，后因历史变迁、风沙侵蚀和人为破坏未能完整保存。骊靬古城因在西汉时期安置流散的古罗马共和国士兵而为世人所知。2015年，骊靬古城被批准为国家AAAA级旅游景点。（摘自百度文库网站资料，网址：https://wenku.baidu.com/view/2）

[③] 此处引用居延汉简文书中的内容，居延汉简著录了一些黑皮肤的西域人，文书曰："正月癸酉，河南都尉忠丞下郡大守诸侯相，承书从事，下当用者。实，字子功，年五十六，大状，黑色，长须。建昭二年（公元前37年）八月庚辰，亡过。客居长安当利里者，洛阳上商里范义。壬午，实买所乘车马，更乘梓牡马、白蜀车、漆布并涂载布。"（摘自百度文库网站资料，网址：https://wenku.baidu.com/view/2）

（十）《安息风雅[①]——帕提亚国》（仿汉无名氏《步出城东门》体）

地处高原[②]北，栖息里海旁。

西境抗罗马，东部抵贵霜。

四方竞辐辏，国力渐盛强。

丝路据要冲，与汉频来往。

（十一）《箜篌[③]》（仿汉《李延年歌》体）

安息有箜篌，胡姬拨琴瑟。

一曲倾人城，再曲倾人国。

"宁不知倾城与倾国"，长安引轻歌。

（十二）《神鸟》（仿汉乐府《上邪》体）

安息使臣献鸟，太液池边降。身似鹰，颈长色苍。

张翅震震，举头扬，食麦粮，神雀舞建章[④]。

（十三）《格里芬[⑤]》（仿刘细君《悲愁歌》体）

中山神兽兮伴君王，双羽凌霄兮醉琼觞[⑥]。

楼兰木狮兮展翅翔，护花使者兮云飞扬[⑦]。

[①] 安息帝国（公元前247—224年）又名阿萨息斯王朝或帕提亚帝国，是亚洲西部伊朗地区古典时期的奴隶制帝国。建于公元前247年，开国君主为阿尔撒息。公元226年被萨珊波斯代替。

[②] 高原指伊朗高原。

[③] 近年在新疆且末县扎滚鲁克汉代墓葬中发现一件完整的木箜篌，年代约在公元1世纪前后，属于鄯善王国时期。箜篌起源于北非埃及，最早出现在公元前3000—前2000年间法老墓。（参照林梅村.《丝绸之路考古十五讲》，北京大学出版社，2006年8月版，第122页）

[④] 《史记·大宛列传》记载：安息"而后发使随汉使来观汉广大，以大鸟卵及黎轩善眩人"。汉武帝曾在建章宫太液池边建造石鸵鸟。

[⑤] 格里芬是希腊神话中的有翅膀的神兽。

[⑥] 1971年河北满城中山靖王刘胜墓出土有翼神兽。

[⑦] 20世纪楼兰佛寺遗址出土木雕有翼神兽守护花瓶。

古代卷 "呦呦鹿鸣"
第四章 柔丝滑杼白绸缪——汉风丝韵

"五星利国"兮出东方，天鸟斑斓兮耀光芒①。

（十四）《贵霜帝国》（仿汉无名氏《新树兰蕙葩》体）

贵霜大月氏，中亚古强国。

文明交融地，版图诚辽阔。

丝路通经贸，频繁商旅客。

大乘佛法传，塔庙齐喧赫。

繁华今犹在，千载匆匆过②。

（十五）《卡尔莱军旗③》（仿《江南》——汉乐府）

安息战罗马，

军旗何曜曜，

丝炫日光中，

丝炫羲和东，

丝炫羲和西，

丝炫羲和南，

---

① "五星利国"指尼雅遗址出土的"五星出东方利中国"织锦，上绣有翼神兽（参照林梅村.《丝绸之路考古十五讲》，北京大学出版社，2006年8月版，第126–127页）
② 2012年10月，位于古丝绸之路东路北段上的宁夏西吉县因雨水冲刷，出土了17枚经初步鉴定疑为古贵霜帝国的铜币。出土的钱材质为铜，圆形无孔，一面是文字，一面有牛等图案。这是宁夏第一次发现该币种，中国只有新疆曾有发现。贵霜钱币采用希腊打压法制造，质地有金、银、铜等材质。钱币正面往往以文字、人物与图案设计并重，形制千姿百态，形状近似圆形或椭圆形等；钱币背面常常是"贵霜化"了的希腊、伊朗和印度诸神。由于采用打压法制造，造型多欠规整。铜质币可能因年代久远，流通磨损，氧化锈蚀等原因大多品相相对稍差。新疆楼兰遗址及和田地区曾出土发现数十枚贵霜钱币。（引自百度百科网站资料，网址：https://baike.baidu.com/item/贵霜帝国）
③ 公元前53年，古罗马执政长官、叙利亚总督克拉苏率军与安息人在卡尔莱大战，罗马军团被围，当战斗进行到关键时刻时，安息军队突然展开绣金的、色彩斑斓的丝绸军旗。这些摇曳的丝绸军旗，在正午的阳光下鲜艳夺目，使负隅顽抗的罗马军团眼花缭乱，惊恐万状，终于惨败。西方学者认为，这些丝绸军旗就是罗马人所见的第一批丝绸织物。（引自百度百科网站资料，网址：https://baike.baidu.com/item/古罗马第一军团失踪之谜/）

丝炫羲和北。

（十六）《恺撒盛装》（仿汉无名氏《新树兰蕙葩》体）

罗马通四隅，横跨欧、非、亚。

丝绸耀其华，贸易往来洽。

帝王更垂青，锦衣悦恺撒。

轻轻绮罗纱，款款韵风雅。

国人皆瞠目，文明属华夏[①]。

（十七）《海西大秦[②]》

犁鞬海西国，

屋宇嵌珊瑚。

琉璃为墙壁，

[①] 罗马时期，罗马贵族的社会时尚之一就是能够穿中国的丝绸制的衣服。史载，恺撒大帝和其同盟、被称为"埃及艳后"的克娄巴特拉都喜欢穿中国的丝绸制成的衣服。一天，罗马剧场演戏的时候，恺撒大帝突然穿着用中国丝绸制作的长袍出现在剧场内，耀眼的光辉，绚丽的色彩，把全场观众惊得目瞪口呆。尽管演出的节目很精彩，但观众都将羡慕的目光集中在恺撒一人身上，纷纷议论，他是从哪里得到了这样美丽的衣服？这应该是罗马人在自己的国家首次近距离的接触丝绸。卡尔莱战役后十年左右，恺撒在一次祝捷会上展示了一件丝织物，人们看得目瞪口呆。意大利南部的巴布利遗址出土过罗马时期的丝绸，4 世纪，罗马帝国属下的埃及卡乌和叙利亚的杜拉欧罗巴也都发现过中国丝绸。有资料显示，西罗马的灭亡与贪购中国丝绸致使大量金银外流有关。（引自 360 个人图书馆网站资料，网址：http://www.360doc.com/content/17/0320/15/28415032_63）

[②] 大秦是古代中国对罗马帝国及近东地区的称呼。古时中国似乎从未直接到达罗马，最接近的大概是生于东汉时期的班超与甘英。班超于公元 97 年率领 7 万名士兵到达里海，并派遣部下甘英出使大秦，而甘英最远到达地中海西岸，准备渡海去罗马帝国的首都时，被安息人阻止。随着公元前 2 世纪丝绸之路的开通，东西方文明交流逐渐加速，而罗马正位于贸易路线上的终点，当时的中国把它命名为"大秦"。《后汉书·西域传》："大秦国一名广鞬，以在海西，亦云海西国。地方数千里，有四百余城。小国役属者数十。以石为城郭。列置邮亭，皆垩塈之。有松柏诸木百草。"《后汉书·西域传》亦记载了当时罗马的政治、风貌及特产："其王无有常人，皆简立贤者。国中灾异及风雨不时，辄废而更立，受放者甘黜不怨。其人民皆长大平正，有类中国，故谓之大秦……"（引自百度百科网站资料，网址：https://baike.baidu.com/item/大秦）

水晶做柱础。

琅玕骇鸡犀[①]。

琥珀明月珠。

缕绣火浣布，

彩绫走丹朱。

松柏荫百草，

地广饶风物。

（十八）《大秦珍馐》（用辛延年《羽琳琅》诗体）

凝脂壁琉璃，

光耀大秦珠。

锦袍绣章纹，

琳琅生琥珀。

梅瓶阳春韵，

粉颈色婀娜。

胡姬霓裳舞，

袅袅舒彩绛。

往来胡商客，

夤夜唤笙歌。

（十九）《楼兰女郎》（仿汉杂歌谣辞《又歌》体）

巧笑羞闭月，

[①] 传说中的海兽。其角可去尘，故名。又名却尘犀。唐刘恂《岭表录异》卷中："又有骇鸡犀、辟尘犀、辟水犀、光明犀，此数物，但闻其说，不可得而见之。"原注："〔辟尘犀〕为妇人簪梳，尘不著也。"唐苏鹗《杜阳杂编》卷下："刻镂水精、马脑、辟尘犀为龙凤花。"https://baike.baidu.com/item/ 骇鸡犀 /（摘自百度文库网站资料，网址：https://wenku.baidu.com/view/2）

蟓首秀峨眉。

英雄实难忘，

楼兰佳丽美①。

---

① 《晋书·张骏传》记载：公元326年，割据敦煌的大军阀张骏趁天下大乱，派将军杨宣攻打鄯善。鄯善王元孟被逼无奈，不得不献出楼兰美女，这才平息了战争。这位金发碧眼的楼兰姑娘深得张骏的欢心，不仅给她"美人"封号，还特地为她营造了一座名叫"宾遐观"的宫殿。（摘自百度文库网站资料，网址：https://wenku.baidu.com/view/2）

第五章　丝霞万匹敕勒歌——魏晋胡风

引首：魏晋南北朝时期，由于战乱频仍，政权更迭，历经三国鼎立、五胡乱华、东晋十六国和南北朝的分裂动荡时期。与此同时，世界范围内的萨珊王朝、罗马帝国、印度王朝和突厥人的兴衰崛起也不断上演，这一纷乱变化的格局，造成中西交通的变化与时空对应错综复杂的局面，丝绸之路在这一时期也发生了巨大的变迁，可以用上承两汉、下启隋唐来概括，具有承上启下作用，丝绸之路"主要包括西北丝绸之路（又叫绿洲丝绸之路或沙漠丝绸之路）、西南丝绸之路和海上丝绸之路三条。具有由两汉到隋唐的过渡性、海上丝绸之路进一步发展、南北两政权同时与西域频繁交往三方面的特点"[1]。对外贸易也有了一定的发展，涉及十五个国家和地区，不仅包括东南亚诸国，而且西到印度和欧洲的大秦，促进了这一时期中外经济文化的交流和发展[2]。

---

[1] 参照百度百科网站资料，网址：https://baike.baidu.com/item
[2] 参照张嫦艳、颜浩．"魏晋南北朝的海上丝绸之路及对外贸易的发展"，《沧桑》，2008年10月版。

一、绿洲[①] 绫罗自婀娜——陆上丝路

(一)《敕勒歌——双关道[②]》

西风烈,阳关道。玉门鸿雁,飞渡边塞。路迢迢,月皎皎,胡霜满地驼铃遥。

(二)《西北丝绸之路赋》(仿汉蔡文姬《胡笳十八拍》体)

河西之道迄汉武,丝绸之路便通途。八百里兮贯秦川,九曲环兮黄河涛浪舞。泾渭分明兮绕溪渚,祁连巍峨兮渺平芜。龙城险兮达胡虏,居延寒兮交河谷。千壑纵兮出平湖,戈壁荒兮鸟绝无。河滩错兮星罗布,大漠瀚兮漫穹庐。笳一拍兮箫声驻。

回眸既往兮望狼烟,匈奴犯兮占莽原。骠骑威武兮把敌斩。势如破竹兮保边关。兴修水利兮广屯田,筑营帐兮修防线,两拍张弦兮响酒泉,鸿雁徘徊兮鸣苍天。

置凉州兮辖金城,鲜卑侵扰兮战马嘶鸣。五胡乱华兮疆土纷争。圣驾亲临兮四方平定。设节度使兮守帝庭。收复失地兮引群英。归义成仁兮三拍成,襟带西番兮无绝停。

天山高峻兮凛冽北风寒,冰霜雪雨兮皑皑照晴川。匈奴驻牧兮都会凉、甘[③]。商贾往来兮行萧关。吐谷崛起兮达海晏。回鹘徙牙帐兮易茶、绢。吐蕃辗转兮越贺兰。四拍成兮驼铃远。

孔道艰兮风蚀残丘。盆地倾兮洪积绿洲。水草丰兮牧羊牛。伊庭浩兮

[①] 曹魏代汉后,西域南北道,有绿洲国家,称霸割据,兼并弱小。军次其国,阻断行旅。于是官府设戊己校尉于高昌,置西域长史于楼兰,而有曹操平定陇右,张骏伐胡,苻坚通域,吕光征讨,经营西土。晋承魏制,中央政府在高昌壁设置戊己校尉,屯田戍守;在海头城设置西域长史,督护各国。(摘自百度文库网站资料,网址:https://wenku.baidu.com/view/2)
[②] 指玉门关和阳关。
[③] 凉、甘指凉州和甘州。

古代卷　"呦呦鹿鸣"

第五章　丝霞万匹敕勒歌——魏晋胡风

赤谷幽。碎叶妙界兮高僧①游。五拍切切兮意难休。

伊吾苍茫兮戈壁寒，英雄并起兮号令传。任尚②斩虏兮功德满。裴岑③诛胡兮一挥间。定方讨贼兮壮河山，六拍扣弦兮声声慢。

烈日炎炎兮骄阳似火，北风呼啸兮流沙烧灼。谷道交错兮南车北辙。河汉纵横兮遍布潭滩泽。驿馆林立兮戍堡相左。行旅匆匆兮烽铺众多。七拍铿锵兮抑扬顿挫。

孤垒荒凉兮望不断层峦叠嶂。往来困敝兮却不知西州千里茫茫！驼铃不息兮梦醒玉门、敦煌。萧索沙碛兮楼兰风尘裹寒霜。制兹八拍兮念高昌，抽弦促柱兮曲煌煌。

笳鼓鸣兮天地喧，开新道兮出五船④。呼呼北风兮如刀刃般狂卷，烈烈旌旗似高炽火焰。壮兮铁门关，军声振振兮银山馆。玄奘西行兮饮甘泉。九拍嗟嗟兮谁人念？

万壑千峰更盘桓，菱丘、昆山凌霄汉。塔河⑤汤汤草泽旱。牢兰⑥胡杨

---

① 碎叶城，又作素叶、素叶水城，因其依傍素叶水，故得此名。其故址在吉尔吉斯斯坦托克马克城西南8公里处的阿克-贝希姆（Ak-Beshim）。玄奘法师在此城见到西突厥统叶护可汗。得到可汗所赠丰厚资助及通行国书，并派一名通解汉语的少年随行，一路护送西去。《大慈恩寺三藏法师传》云："至素叶城，逢突厥叶护可汗。方事畋，戎马甚盛。……既与相见，可汗欢喜，云：'暂一处行，二三日当还，师且向衙所'。……三日可汗方归，引法师入。可汗居一大帐，……法师去帐三十余步，可汗出帐迎拜，……因停留数日，……又施绯绫发服一袭，绢五十匹，与群臣送十余里。"（参照百度百科网站资料，网址：https://baike.baidu.com/item/碎叶城）

② 任尚（？—118年），东汉将领。初任护羌校尉邓训的护羌府长史。永元元年（89年），任尚随邓训打败羌族烧当部落首领迷唐。永元十年（98年），接替班超继任西域都护。（参照百度百科网站资料，网址：https://baike.baidu.com/item/）

③ 裴岑，云中（今山西大同）人。东汉名将。曾任敦煌太守。顺帝永和二年（137年），裴岑率本郡3000兵马出击北匈奴，斩杀呼衍王，取得40年来汉朝在这个地区的一次重大军事胜利，赢得了该地区13年的安定局面。（参照百度百科网站资料，网址：https://baike.baidu.com/item/）

④ 汉末年，在戊己校尉徐普的提议下，开辟了一条绕过雅丹地貌区而沟通玉门关与车师后王城的新道。《三国志》卷三〇《魏书》注引《魏略西戎传》中以"北新道"之名记载这段路线，"从炖煌玉门关入西域，前有二道，今有三道"。《钦定四库全书》卷十四"

⑤ 塔河指塔里木河。

⑥ 牢兰海是罗布泊的古称。

遮阳关。烟波渺黄沙漫，荒鸟嚎兮野云畔。小河①边月照楼兰，十拍迷迷兮泪已干。居卢土垠仓储满，白日熠熠兮晓梦残。月氏胡贾营鄯善。阳霞曜曜兮丝光灿。临思浑兮出拓关。（指拓厥关），过姑墨兮渡渭干，行克孜②兮起于阗，涉伊塞克兮经九道湾③。十有一拍兮哆哆连，龟兹丝路兮何其难！

帕米尔兮接昆仑，塔克拉玛大漠兮天际昏。巴彦喀拉兮人踪遁，叶尔羌河兮涛滚滚。忽越疏勒兮入"不忍"④，自蒲昌兮逾七屯⑤。去若羌兮至吐浑⑥。十有二拍兮泪纷纷，鹰隼禽鸟兮不相闻。

芒际无垠兮千里平畴，烽燧连天兮赤河湍流⑦。盘陀⑧守捉兮大石城头。虔心取经兮与绸缪⑨。西出阳关兮望沙洲⑩。萨毗泽兮羌管幽幽。精绝古国兮又逢秋，一步一远兮达玛沟⑪。沙弥往来兮金山口⑫。十有三拍兮日月同俦，尘寰淹没兮天地悠悠。

过葱岭兮中亚之路。峡谷深兮踏兴都⑬。咸海涌入兮有乌浒⑭。入大月氏兮经悬度⑮。始见天竺达丽川谷兮万难无阻。西行罽宾⑯兮遥望夏

---

① 小河指小河墓地。
② 指克孜尔。
③ 九道湾为地名。
④ "不忍"指"不忍岭"。
⑤ "七屯"指"七屯城"。
⑥ "吐浑"指吐谷浑。
⑦ 此指赤河附近的唐代烽火台遗址。
⑧ "盘陀"指"盘陀国"。
⑨ 此指玄奘曾经过此地。
⑩ 此指从沙洲寿昌向西千里可达阳关。
⑪ 此指老塔玛沟遗址。
⑫ 此指北魏宋云和惠生走吐谷浑道东至金山口。
⑬ "兴都"指兴都库什山。
⑭ "乌浒"指阿姆河。
⑮ "悬度"指"古代的悬度山在今阿富汗兴都库什山"。
⑯ "罽宾"又作凛宾国、劫宾国、羯宾国，为汉朝时之西域国名。开伯尔山口附近。古代中亚内陆地区的一个国家或地区名。古希腊人称喀布尔河为 Kophen，罽宾为其音译。中国自西汉时期至唐代，罽宾均指卡菲里斯坦至喀布尔河中下游之间的河谷平原而言，某些时期可能包括克什米尔西部。（参照百度百科网站资料，网址：https://baike.baidu.com/item/罽宾）

古代卷 "呦呦鹿鸣"
第五章 丝霞万匹敕勒歌——魏晋胡风

都①。瓦拉赫沙城②兮宫殿繁芜。十有四拍兮笳声促,面纱撩拨兮起歌舞。

十五拍兮节调催。崖岸险兮悬索垂。犍陀罗兮佛陀美,梵衍那兮妙音飞。阿姆宝藏兮珍馐堆。撒马尔罕兮使节徘徊。穆格城堡③兮锦绣累。大宛血马兮将士泪。大唐征讨兮战鼓擂。怛罗斯之战兮凯旋归。

十六拍兮心惆怅,地中海路水茫茫。罗马大道通四方,伊朗高原山岭长。"新月肥沃"两河淌④,湖泽棋布翻波浪。巴尔干岛隔海望⑤,小亚细亚架桥梁⑥。巴尔米拉做屏障⑦,伊兹梅尔成良港⑧,爱琴海岸贸易忙。

十七拍兮赞奇妙,"空中花园"⑨凌云霄,峻宇雕墙兮神韵骄。图斯古城⑩兮圣徒朝。耶路撒冷兮斜阳西照,不达米亚⑪兮岁月不老。亚述泥

---

① 指乌孙国的夏都。乌孙国是东汉时由游牧民族乌孙在西域建立的行国,位于巴尔喀什湖东南、伊犁河流域,立国君主是猎骄靡。苏联学者认为乌孙文化是塞人(Saka,塞人即萨迦或塞克)文化的继承和发展,并称塞—乌孙文化,乌孙文化时期是前300—300年。亦有其他外国学者进行考古研究时为塞克文化及乌孙文化定下时限(Saka/Wusun period,前600—400)。位于博格达山北麓,古时也叫赤谷城。(摘自百度文库网站资料,网址:https://wenku.baidu.com/view/2)
② 瓦拉赫沙城在布哈拉。
③ 此指8世纪初中亚粟特城堡遗址。位于今苏联塔吉克加盟共和国片治肯特城以东60余公里的扎拉夫尚河与其支流库马河汇合处。"穆格"在塔吉克语中为"王"的意思。该堡当是片治肯特的粟特王公季瓦斯季奇的一座要塞,722年被阿拉伯军攻毁。1933年苏联考古学家A.A.弗赖曼主持发掘。(参照百度百科网站资料,网址:https://baike.baidu.com/item/穆格山城堡遗址)
④ 此指两河流域的新月地带,东起伊朗高原西缘,南抵波斯湾,西达叙利亚沙漠,北至亚美尼亚山区。地势低平,平均海拔200米以下,从北向南倾斜,巴格达以北为上美索不达米亚也叫亚述,地势略高,丘陵起伏。以南下美索不达米亚也叫巴比伦尼亚,地表多湖沼。地处地中海沿岸地带,属于典型地中海气候,冬季降水较丰富,底格里斯河和幼发拉底河在南部汇合成为阿拉伯河,形成三角洲。两河流域的平原从西北伸向东南,形似新月,古时这一地区农业发达,依灌溉之便利,河渠纵横,土地肥沃。故有"肥沃新月"之称。(参照百度百科网站资料,网址:https://baike.baidu.com/item/两河流域)
⑤ 此指巴尔干半岛隔里海海峡与亚洲相望。(摘自百度文库网站资料,网址:https://wenku.baidu.com/view/2)
⑥ 此指架设欧亚桥梁。
⑦ 此指巴尔米拉为沙带环绕,形成天然屏障。故能在罗马与安息之间占据独立地位,处于商道要冲。
⑧ 此指土麦拿、爱琴海贸易中心。
⑨ 此指古巴比伦王国的空中花园。
⑩ 图斯古城是9世纪伊斯兰什叶派朝觐的中心。
⑪ 指美索不达米亚。

87

板兮①声名噪，宙格马塞②兮建飞桥。贝鲁特港兮③通经贸，"丝绸之城"④兮光辉耀。

胡笳欢兮尺书织，"我采葛兮以作丝"。十八拍兮曲亦迟，响有余兮思更痴。白云悠悠兮乃在天际驰。道里没没于地兮序列有时。丝绸之路兮如梦亦如诗。

（三）《西南丝绸之路》（仿陶渊明《归去来辞》体）

归去来兮！西南丝路，伟哉也！自中原腹地而发，往印度、缅甸而行。连身毒⑤之枢纽，通滇、蜀之远境。若"五龙"⑥之腾冲，上九霄之云庭。入洱海之青苍，达雾中⑦之绝顶。"五尺"⑧险要峭壁，"灵关"⑨悬崖峻岭。蜀守⑩盟誓，复古驿亭。斧凿铿铿，磐石铮铮。开通故道，千里萧清。外夷商路，永昌⑪居要。襟横断⑫以四望，倚澜沧以寄傲。秉口岸为重镇，

---

① 古代西亚地区的一种文字记录。因书写在粘土板上，故名。初为两河流域苏美尔人采用，后扩展到伊朗高原以西广大区域。参照参看百度百科网站资料，网址：https://baike.baidu.com/item/ 亚述泥板。
② 宙格马是罗马帝国属州首府和军国要塞。《后汉书》有关于大秦国的记载："大秦国，一名犁鞬，以在海西，亦云海西国……人俗力田作，多种树蚕桑……其人民皆长大平正，有类中国，故谓之大秦……大秦王安敦遣使自日南（郡）徼外献象牙、犀角、玳瑁，始乃一通焉……《汉书》……又云'从安息陆道绕海北行出海西至大秦……'又言'有飞桥数百里可度海北诸国'。"
③ 此指黎巴嫩首都贝鲁特港口。
④ 此指奥斯曼帝国都城布尔萨。
⑤ 身毒指印度。
⑥ "五龙"指西南丝路的五条线路。
⑦ 指雾中山，位于成都大邑县龙门山。
⑧ 指秦始皇时就修建的南中五尺道。
⑨ 指灵关道，即"蜀身毒道"，穿行于横断山区，大约开通于公元前4世纪。直至张骞出使西域，在大夏发现蜀布、邛竹杖系由身毒转贩而来，他向汉武帝报告后，元狩元年（公元前122年）汉武帝派张骞打通"蜀身毒道"。（摘自百度文库网站资料，网址：https://wenku.baidu.com/view/2）
⑩ 指三国时蜀国越巂太守张嶷。
⑪ 指永昌郡。
⑫ 指横断山。

汇水系以织交。集诸夷于边陲，聚百物于江皋。武陵王①开宁州，刘道济兴商贸。康国资货满船，何国屯积珠宝。辐辏西州②大贾，云集吐谷③富豪。

归去来兮！巴蜀物产丰饶。昔有蜀布、邛竹，匠人冶铜铸造。汉帛奇珍荟萃，骏马海贝多娇。琥珀异彩纷呈，琉璃炫丽光耀。"丝麻条畅，有粳有稻"④。王孙⑤岁取千匹，邓氏⑥富甲天下。琳琅陶瓷漆器，撷英井盐茗茶。街坊四通八达，里巷喧嚣繁华。

已矣乎！千年西南道今何在？丝光无处觅，轻影竟徘徊。多少烽烟散尽，几行俊鸟归来。聆海波以怅惘，吟妙契以抒怀。骋虚极以乘化，临清江而畅快。羌笛一曲悠悠，如梦笙歌天外！

（四）《法显赋》（仿西晋殷巨《奇布赋》体）

维东晋安帝隆安三年，后秦平阳郡武阳人高僧法显，因幼时学佛，远尘离俗。常叹律藏之残缺，誓志寻踪，遂于花甲之年往天竺求法。乃作赋曰：长安结伴启程，不畏艰难险阻。经河西之走廊，越帕米尔高原。涉荒服之绝域，穿万里之沙川。跨巍峨之葱岭，逾皑皑之雪山。入摩揭乎域外，渡恒河之浪滩。仰慕梵界，心无杂念。五体投地，悟道参禅。顶礼膜拜，释迦圣殿。勤修妙灵，苦读经卷。精舍夏坐⑦，卫城伽蓝。遍访遗迹，广

---

① 梁武陵王肖纪为益州刺史，全力进行对外开拓，南开宁州。
② 《隋书·何妥传》记载，何妥本为"西域人也，父细胡，通商入蜀，遂家郫县。事梁武陵王纪，主知金帛，因致巨富，号为西州大贾"，何妥一家通过经商入蜀。四川新都收集到一批画像砖，上有骆驼鼓吹、胡人骑吏、胡俑形毡帽等内容，是魏晋时期胡人内徙的真实写照。（摘自百度文库网站资料，网址：https://wenku.baidu.com/view/2）
③ 指吐谷浑。
④ 出自扬雄《十二州箴》。
⑤ 指卓王孙。
⑥ 指邓通。
⑦ 所谓夏坐指的是印度佛教和尚每年雨季在寺庙里安居三个月的行为，也叫夏安居、雨安居、坐夏、夏坐、结夏、坐腊或安居。（见季羡林.《季羡林谈佛》，中国工人出版社2009年12月版，第71页。）

阅仙苑。躬写戒律,供奉佛龛。揽诸国之方物,诵王都之华严①。求成法而东归,登崂山而誉满。译高深之众律②,写游历之纪传。补史书之不足,撰卷帙之宏篇。且行且书,乃繁乃简。他辟荒途,中开经典。携珍稀之著录,弘扬佛法,意志弥坚。功德无量,成就卓然。名垂青史,万古流传!

(五)《西天取经第一人——朱士行》(仿王微《四气诗》)

坚正复方直。

于阗志翻经。

求法业精粹。

白发仍殷床③。

(六)《娜娜女神》(仿:北周庾信《题结线袋子诗》)

高昌火祆女④,

粉面娇云霞。

杏眼凝眉黛,

朱颜如玉花。

---

① 指佛教《华严经》。
② 指大众律。
③ 殷(yǐn):震动。
④ 指琐罗亚斯德教,是基督教诞生之前在中东最有影响的宗教,是古代波斯帝国的国教,也是中亚等地的宗教。是摩尼教之源,流行于古代波斯(今伊朗)及中亚等地,在中国称为"祆(xiān)教"、火祆教、拜火教。娜娜女神崇拜源于古代两河流域,后被波斯帝国所继承。随着亚历山大帝国的建立与希腊化时代的来临,开始在西亚、中亚地区与希腊、印度、伊朗的各种类似神祇和崇拜相混同,最后由祆教经丝绸之路传入中国中原。虽然她的身份、形象、职能几经变化,但其基本特征依然保留。从两河流域到中国,从城市女神到祆教神灵,她的演变过程实则是多元文化背景下宗教认同现象的一个缩影。(引自360个人图书馆网站资料,网址:http://www.360doc.com/content/)

（七）《炳灵寺石窟[①]》（仿西晋陆机《三月三日诗》体）

河峡傍禅寺，
荣耀佛祖光。
石窟藏瑰宝，
陇西古津旁。

二、"舳舻相属涌海潮"——海上丝路

（一）《乘云去东海》（仿沈约永明体诗[②]《登玄畅楼》）

　　沧波白浪卷，东海沙禽鸣。帆影秋风渡，千里丝光盈。百济献方物，新罗使玉京[③]。魏王绶金印，夷商走蓬瀛。供奉有倭锦，馈赠予佛经。遍寻纺织工[④]，绣缎染丹青。能工徙岛国[⑤]，技艺夸汉廷。互市新航线，来往便通行。

（二）《海疆南风》（仿魏晋乐府诗《陇头歌辞》体）

海疆林邑，

[①] 炳灵寺石窟，位于中国甘肃省临夏回族自治州永靖县西南约40公里处石山大寺沟西侧的崖壁上。西晋初年（约公元3世纪）开凿在黄河北岸大寺沟的峭壁之上，正式建立于西秦建弘元年（420年）。上下四层。最早称为唐述窟，是羌语"鬼窟"之意，唐代称龙兴寺，宋代称灵岩寺，明朝永乐年后称炳灵寺，"炳灵"为藏语"仙巴炳灵"的简化，是"千佛""十万弥勒佛洲"之意。是丝绸之路与黄河的交汇处，故有"丝绸之路"右南线"临津古渡"之称。（参照百度百科网站资料，网址：https://baike.baidu.com/item）

[②] 永明是南朝齐武帝的年号，"永明体"亦称"新体诗"，这种诗体要求严格四声八病之说，强调声韵格律。这种诗体的出现，对于纠正晋宋以来文人诗的语言过于艰涩的弊病，使创作转向清新通畅起了一定的作用。对"近体诗"的形成产生了重大影响。（百度百科网站资料，网址：http://baike.baidu.com/link）

[③] 指建康。

[④] 日本《古事记》记载，在应神天皇时代（270—309年），朝鲜半岛的百济国曾献给日本两个纺织、缝纫技术高超的人，名叫卓素的韩缎和名叫西素的吴服。（百度百科网站资料，网址：http://baike.baidu.com/link）

[⑤] 指浙江工匠东渡日本。

孙吴通好。

献王指环，

香药珠宝。

（三）《扶南古港》（仿赵一《疾邪诗》体）

湄公扶南港，

东西据枢纽。

八方辐辏地，

四海商贾游。

罗马金银币，

多面金珠球。

妆镜双凤舞，

释迦薄衣透。

东吴遣使节，

歌营行中州。

车骑载满道，

胡人焚香求。

梁朝新画派，

凹凸韵风流。

葛洪欲学道，

逸旅赴探究。

神典书雅韵，

金叶谜文秀。

（四）《萨珊王朝》（仿南北朝谢灵运《入彭蠡溪诗》体）

萨珊通江左[①]，遣使献舍利。王都建狮坊，素丝唤云霓。

（五）《禹桑园》（仿朱穆《与刘伯宗绝交》体）

孙吴势强，开疆拓土。
步骘擢升，交州赶赴。
登高望远，丘陵起伏。
番禹沃野，紫陌绿户。
桑土成行，"原隰殷阜"。
遂迁治所，致力农务。
种蚕养桑，物产富庶。
"丝路"遗风，流传千古。

（六）《丝光霞蔚》（仿朱穆《与刘伯宗绝交》体）

盈盈丝绸，远播西极。
辗转印度，输入埃及。
远达罗马，等价黄金。
安息大秦，丝绸大战。
伊洛瓦底，晚霞绚烂。
马来半岛，风光旖旎。
占婆椰林，温润心脾。
三国孙权，待客交趾。
晋武太康，大秦来访。

[①] 萨珊是波斯第三王朝。江左指古人习惯以东为左，以西为右。东西与左右常可互相替代。魏禧《日录杂说》云："江东称江左，江西称江右，自江北论之，江东在左，江西在右耳。"（百度百科网站资料，网址：http://baike.baidu.com/link）

进献奇布，名曰火浣。

胡商纷至，《南史》胜览。

泱泱大汉，丝韵悠远。

（七）《拘那罗陀①》（仿晋潘尼《巳日诗》体）

堂堂梵僧，

载禅载经。

悠悠传法，

载物载德。

---

① 汉名真谛，南朝时印度高僧，最早来泉州弘法者的外国僧人。

第六章　长风万里玉门关——隋唐锦绣

引首：隋唐时期，随着南北分裂局面的结束，中原王朝逐渐加强中央集权制，采取征讨和羁縻手段治理边疆。不仅征服了突厥和吐谷浑，而且还兴修了玉门关，再度开放沿途关隘，并打通天山北路丝路分线，将西线打通至中亚。于是，丝绸之路东段再度开放，新的商路支线被不断开辟，丝绸之路贸易迎来了繁荣时期[①]。

隋朝开皇九年（589年），新兴的突厥族占领了西域至里海间的广大地区，今青海境内的吐谷浑也经常侵扰河西走廊一带，这就阻碍了中国和西域的交往。但隋与丝绸之路各国民族之间的关系却并未因此而中断，边贸互市依然频繁，官方和民间的交往日益密切。

继隋之后建立起来的大唐王朝更加强大，迎来了丝绸之路交往的繁荣鼎盛时期。唐太宗李世民屡次用兵突厥，击败了东突厥和吐谷浑，设立"安西四镇"，有效控制了西域各国。唐高宗李治又灭西突厥，设安西、北庭两都护府。当时的大唐帝国疆域辽阔，东起朝鲜海滨，西至达昌水（阿姆河，一说底格里斯河），是当时世界第一发达强盛国家，经济文化水平都居世界前列，东西方通过丝绸之路，以大食帝国为桥梁，官方、民间

[①] 孙占鳌."丝绸之路的历史演变（中）"，《发展》，2014年第6期。

都进行了全面友好的交往，促进了东西方思想文化交流，对后世的社会和民族意识形态发展，产生了积极而深远的影响。

一、"纯著红罗绵背裆"[①]——楚璧隋珍

（一）《炀帝西巡》（仿隋炀帝杨广《辽东纪事二首》体）

河西辇路待君王，黄沙万里长。
旌旗威仪翠殿行，萧韶宴羽殇。
夷歌曼舞起胡璇，把酒饮清欢。
宝马雕车载贵胄，丝韵耀中天。

（二）《万国来朝[②]》（仿隋炀帝杨广《辽东纪事二首》体）

洛城鼎沸结花灯，闾阎踏歌声。
衣冠盛饰紫薇殿，奇技展胡风。
锦绨金翠绣罗袍，玲珑香步摇。
万国来朝拜御冕，天光喧九皋。

（三）《裴矩[③]》（仿隋薛道衡《人日思归》）

侍郎名门后，征伐胡可汗。

[①] 摘自隋代佚名《大业长白山谣》。
[②] 隋炀帝杨广继位后，为了拓通丝绸之路，经营西域商贸"互市"，保证长治久安，决定西巡。隋大业五年（609年），山丹历史上发生了一件重要的事件，载入史册。此年六月，隋炀帝御驾亲临张掖，登山丹焉支山，今禅天地，谒见西域二十七国使臣，举行"万国博览会"，这是中国封建社会历史上唯一一次中原王朝帝王西巡至山丹境内的重大活动，史称"万国博览会"。（参照百度百科网站资料，网址：https://baike.baidu.com/item）
[③] 西域商人多至张掖互市，隋炀帝曾派裴矩专管这方面工作。裴矩用厚礼吸引他们到内地，使其往来相继。《隋书·西域传》序记载：侍御史韦节，司隶从事杜行满使于西番诸国，至罽宾（今塔什干附近），得玛瑙杯，印度王舍城得佛经，史国得歌舞教练，狮子皮、火鼠毛。官、民的交往又活跃起来。（参照百度百科网站资料，网址：https://baike.baidu.com/item）

西极善治剧，功高比张骞。

（四）《东瀛蜀锦①》（仿照佚名《绵州巴歌》）

　　　　古蜀乡，锦绣美。

　　　　丝花香，硕果累。

　　　　玉树翠，两鹿对。

　　　　织彩绢，吐蓓蕾。

　　　　一半是琼英，一半是花蕊。

（五）《西海之路》（仿吕让《和入京》体）

　　　　西海遥万里，天堑阻八方。

　　　　鄯善襟葱岭，龟兹连高昌。

　　　　伊吾过铁勒②，欧陆两河③长。

　　　　玉户阳关道，柔丝呈瑞光。

（六）《洛阳盛景》（仿隋江总《释奠诗应令》体）

　　　　河洛名城，中原定鼎。

　　　　唐尧故地，虞舜化境。

　　　　东方丝路，九州盛景。

　　　　玉笛飞声，天阙花影。

---

① 指奈良正仓院藏隋代花树对鹿纹锦。
② 铁勒是中国北方古代民族名。中国古代北方、西北方民族。又称狄历、丁零、敕勒、高车，其分布东至大兴安岭西到额尔齐斯河上游一带。公元546年突厥统一铁勒诸部，建立突厥汗国。（参照百度百科网站资料，网址：https://baike.baidu.com/item/）
③ 指欧洲大陆和两河流域。

（七）《赤土①高帆》

　　　　　　　　绝域通关壮士行，

　　　　　　　　丝绸万段耀征程。

　　　　　　　　楼船千棹飞浪里，

　　　　　　　　换取君情似我情。

（八）《大运河②赋》（仿晋左思《吴都赋》）

　　夫运河之工，千古鸿业者也。通衢四方，纵贯南北者也。开山辟地，尽揽八方之水利。掘河堰而卓荦③，横亘古今。气势磅礴，一泻千里。沿胥溪西上而至太湖，长淮疏浚。自扬州南下而筑邗沟，举锸如云。声势浩大，永播南熏④。穿武、陆⑤之间，则可以便捷漕运。争北方之霸，则成就吴王龙君⑥。宋鲁之道，连泗水并济水而可循⑦。看始皇横扫六国，一统天下之县郡。于湘、桂之沃野，辟灵渠之河群。兹乃克岭南蛮夷，灭九土氤氲。

---

① 赤土是古代东南亚国家，由吉蔑族所建立，信奉婆罗门教，国都叫僧祇城（英文：Singora），因国土多赤色，故称赤土。据说赤土后来被另外一个东南亚印度化古国狼牙脩所并吞。公元七世纪，中国隋朝时期，隋炀帝杨广派常骏、王君政出使南洋时，曾到过赤土，赤土王也派儿子回访，于大业六年（610年）到京师谒见隋炀帝。（参照中山大学出版社．《论广州与海上丝绸之路》，1993年8月版）
② 洛阳是陆上丝绸之路、隋唐大运河两者唯一的交汇点，因此洛阳也是2014年丝绸之路、大运河唯一双"申遗"成功的城市。当年6月，隋唐大运河洛阳遗产点含嘉仓、回洛仓被列入世界文化遗产名录。（参照百度百科网站资料，网址：https://baike.baidu.com/item/ 铁勒）
③ 《后汉书·班固传》："卓荦乎方州，羡溢乎要荒。"李贤注："卓荦，殊绝也。"
④ 南熏，亦作"南薰"。典故名，典出《礼记·乐记》疏引《尸子》、《史记·乐书》集解、《孔子家语·辩乐解》等。指《南风》歌，借指从南面刮来的风。唐宫殿名，泛指宫观楼殿等。（参照百度百科网站资料，网址：https://baike.baidu.com/item）
⑤ 武、陆指武广湖和陆阳湖。
⑥ 吴王夫差吞并越国后，为了北上与齐国、晋国争霸，在夫差十年开挖邗沟。为了减少工程量，邗沟尽量利用长江和淮河间的天然河道与湖泊和人工渠道的方式相连。邗沟开凿成功后，吴国的水军和船队可以经过邗沟北上进入淮河，逆淮河而上，进入泗水、沂水到达齐国。夫差十二年，吴国灭掉齐国后，又利用这条水路开始与晋国争霸。（参照百度百科网站资料，网址：https://baike.baidu.com/item）
⑦ 吴开邗沟之后，还在更北的地方开凿了商（宋）鲁之间的黄沟运河，沟通了泗水与济水。

更有川蜀李冰之万顷都堰①，浩浩汤汤于寰宇乾坤者，治魑魅魍魉之洪汛。终成就千亩良田之灌溉，畅行舟船之天韵也。

贤者曾道："历史开山数腐迁"②。且有韩之郑国也，西引泾水，东注洛岸③。填淤泥之浊，溉泽卤之患。作石堰以成堤坝，植禾黍而称显。变贫瘠以为富庶，化盐碱于干旱。衣食京师之粮，则福济强秦以保丰年。汉时槽渠，流经长安。泛舟山东，与海通贯。直达黄河，九曲连环。南山为其引，淮湖得其便。承班固之妙笔，作《西都赋》以颂赞。

王景治河，则千载无恙，声名威远！修堤筑坝，更相洄还。"或涌川而开渎，或吞江而纳汉"④。十里水门，无复溃患。淙淙乎浚仪⑤之渚，森森乎千里之间。陈敏出新，邗沟疏险。改道津湖，溃洳浩瀚。控清引浊，射阳排难。会稽马臻⑥，开渎汇源。兴建鉴湖，沟通航线。出乎南来之水，行乎北归之澜。过钱塘之渡口，达明州之江畔。

白米、曹娥⑦，潮波汩翻。曹魏整饬，三水⑧引源。白沟为渠，入黄⑨成堰。开凿平虏⑩，滹沱流湍。更有漳水、睢阳，重整汴渠新段。

交错邺城四方，贯通河北网管。

于是乎广槽乃开，交通陈、蔡。千帆侧畔，达于江淮。资食有储，南无水害。孙吴势壮，连接云、淮⑪。号破乎冈渎，浩浩乎东来。金陵通畅，顺流溯洄。桓温勇武，军次燕寨。金乡亢旱，水道堵碍。三百里巨野泽，清、

---

① 在四川有李冰开凿离堆。
② 语出王国维《读史二十首—其一》。
③ 此指洛水。
④ 选自《吴都赋》。
⑤ 指汴渠。
⑥ 指汉顺帝会稽郡太守马臻。
⑦ 指白米堰、曹娥堰。
⑧ 指淇水、荡水、洹水。
⑨ 指黄河古道。
⑩ 指开凿于建安十一年（206年）的平虏渠，从今青县东北引滹沱河水北入泒水。
⑪ 指云阳、淮水。

99

济俱开。荆州杜预,继往开来。起出夏水①,巴丘覆盖,沅湘徘徊。内泻长江,表里山海。实为险固,零桂②通外。千里江陵,直溯巴蜀。水天一色,帆影舟排开。遥望建业,烟雨楼台。番禺城下,西江月白。洞庭涵虚,云蒸天籁。西兴运河,汪流澎湃。司徒③临郡,沃野灌溉。良畴万顷,膏腴上宅。港埠通航,胜景美哉!

旷瞩华北,河棋密布。迥眺关中,绵延洲渚。泉州渠,沟河渡。走漳水,经平虏④。黄河激荡,洞庭漫入。"广通"疏浚⑤而串联,渭水傍山而东溯。邗沟故道,山阳为渎。"通济"⑥引黄,径取板渚。淮、泗于是便捷,谷、洛⑦于是通途。斯实自然之恩赐,得黎民而神助。

夫唯永济之渠⑧,通结湖网。百万黎庶,举锸以襄。胼手胝足,夤夜未央。千里长河,龙舸震荡。堤坝邻墼,迷楼桥坊。江南河、自古忙。春秋太泊,秦皇丹阳。汉武埭邙,六朝埭邕⑨。萧梁上容⑩,孙吴破岗⑪。启黄龙之沟壑,动鲧、禹之巧匠。疏淤塞,整泽乡。畅兮律吕,和兮风飚。绵八百里,广十余丈。航线起自京口⑫,敕穿止于余杭⑬。幽埠藏于驿宫,氤氲纳于清商⑭。风光旖旎,修竹绿杨。琼英兰蕙,松梓茂长。

---

① 指汉水。
② 指零桂漕运。
③ 指晋朝会稽司徒贺循。
④ 指平虏渠。
⑤ 指广通渠。
⑥ 指通济渠。
⑦ 指谷水和洛水。
⑧ 永济渠北起涿郡,南达于河。
⑨ 古字通"畅"。
⑩ 指上容渎。
⑪ 指破岗渎。
⑫ 指今镇江。
⑬ 指今杭州。
⑭ 清商乐又称清商曲,隋唐时简称清乐。

古代卷　"呦呦鹿鸣"
第六章　长风万里玉门关——隋唐锦绣

奇花异草，玉藤紫绛①。翠鸟飞翚，云霓羽裳。钧天帝鸿，无限胜象。唐承隋业，整饬有常。二凿丹灞②，三治褒斜。四疏汴渠，五浚山阳③。堵塞长茭，决口沮淤。疏通堰口，修理渠障。新开"广济"④，崩石筑防。津吏去泞，役夫齐夯。扬子⑤无风，瓜州无恙。齐浣⑥开河，刘晏⑦调访。岁利百工，资驳船粮。造陂田而夹堤灌溉，趋城通航。西循江都，陟彼高冈。高峡平湖，节水滞涨。尾闾⑧不积，渠线遂畅。

引漕于京师长安，开源禁苑。永丰仓储，渭水两岸。数方役使，凿石劈山。丹灞挽道，夏潦无患。粉米辎重，粟帛锦缎。嘉陵焚石，给养军馔⑨。立斗门为闸，置铧堤为坝。"郭泻有宜、舟楫利焉"。综合运用水利，任取河湖资源。开西渠⑩，避壅塞。促商贸，联口岸。府城凭水而远眺，江桥腾骞而绵延。但凡东南之郡邑，无不贯通以水道。举尽天下之货利，商旅不断。修防海塘，缩短航线。大昌开关，上虞治堰。会稽碧波，苏杭潋滟。串成玉带，飞扬彩练。丝绸飘舞，绸缪吐线⑪。白蛤紫贝，争奇斗艳。丰功利于生民，伟业经始黎元。

堪与天地而同俦，得与日月而光灿。

"钱塘自古繁华"⑫，多少云树画桥，楼宇烟霞。汴州风暖，临安清

---

① 一种紫草属多年生草本植物，有宿根，根粗大，紫色，叶互生，披针形，金缘，花白色，果实有四分果，粒状，根供染料及药用。
② 指丹水和灞水。
③ 指山阳渎。
④ 指广济渠。
⑤ 指扬子江。
⑥ 齐浣（约678—750年），字洗心，定州义丰（今河北安国）人。唐朝大臣。
⑦ 刘晏（716—780年），字士安。曹州南华（今山东菏泽市东明县）人，唐代经济改革家、理财家。（参照百度百科网站资料，网址：https://baike.baidu.com/item）
⑧ 古代传说中海水所归之处（语见《庄子·秋水》），现多用来指江河的下游。
⑨ 指军粮。
⑩ 指魏州刺史卢晖开凿西渠。
⑪ 引用宋黄庭坚《次韵章禹直魏道辅赠答之诗》的诗句。
⑫ 摘自唐柳永《望海潮》诗句。

嘉。西兴水坊，柳岸堤沙。明州鉴湖，凌波荷花。"徒行无褰裳之苦、舟行有挽纤之暇"①。浪桨摇曳风帆，艘舻会与无涯。其盛景，则难以道尽，运河人家。可叹赵宋，风光不再。金人入侵，炮火硝烟。樯橹灰飞，弹指之间。运河销声匿迹，黄河决口泛滥。

　　明清初祖开玉京，"河洛龙光天下流"②。王庭强力设官，治河帷幄运筹。会通③改造，未雨绸缪。洪泽大堤，气势方道。李良④甃石，湛然⑤重修。汤恩绍⑥兴三江闸，南大吉⑦砌府塘口。一抹痕板渚隋堤，千万里碧水悠悠。

　　运河一去千古遥，几多感怀在心头！感其幽邃绵长，怀其河殇独秀。赞其锦帆未落，闻其涛声依旧。看今朝，天籁鼓震星辰动，拂浪旗开功铸就。江阴船闸水潆涟，徐州灌溉庆丰收。文化遗产喜相传，运河吟赏耀丝绸。南水北调展宏图，九天巨龙降神州！

二、盛唐九州飘彩缯——唐代丝绸之路

（一）"客路青山绿水前"

1.《长安月夜》

春来秀色锦天宫，玉路朱门水殿风。

画阁雕梁垂绿柳，廊台歌榭掩云蓬。

香车宝马流连看，酒肆商行胡客逢。

借问人间何得似？长安一梦月明中。

---

① 引自宋代汪纲《宝庆会稽志》的"徒行无褰裳之苦，舟行有挽纤之便。田有伴岸，水有积，其利以博矣。"
② 摘自明朝黄晖《题钵盂峰二祖》的诗句。
③ 指会通河。
④ 指山阴知县。
⑤ 指明季湛然高僧。
⑥ 指会稽太守。
⑦ 指绍兴知府。

2.《唐蕃古道赋》（仿王勃《滕王阁序》体）

茫茫雪域，浩浩云瀚。珠峰巍峨，雅江沧澜。青海湖碧水清波，昆仑山叠嶂层峦。仰望天岭，三千丈峭壁悬岩；俯瞰绿洲，八百里飞桥河滩。牛羊遍野，雄鹰盘桓。入幽谷峰回路转，涉栈道藤攀葛缘。禅音缥缈于万籁，佛寺林立；商客往来于互市，驿站连绵。神僧圣侣，符咒经幡，酥油梵灯，法轮常转。骏马倥偬，满载华美之丝帛；使臣仆仆，拂去羁旅之困倦。摩崖石刻，隘口林关。舟船扬帆，黄河渡津惊涛拍岸；驼铃遥响，大漠戈壁流沙聚散。千年古道，尘封巨变。逸闻佳话，传颂美谈。

时维三月，序属贞观。天苍苍兮柏海远，风萧萧兮莽原寒。文成公主入藏，松赞干布奉盏。示爱而筑宫城，移俗而去赭面。仰慕儒学，研习礼传；助王远征，入贡敬献。册封西海，驸马戎庭威武；出使天竺，御官鹿野修禅[①]。

光阴逝，星斗转，金城树碑赤岭，唐蕃会盟长安[②]。合为一家，舅甥共度患难；彼此交好，兵戎不再相见。封疆自宁，百姓居安。结秦晋于大昭寺，定汉界于日月山。雪岭荡荡，故垒氍帐犹在；白云悠悠，琵琶羌笛渐远。

遥望西极，阳关古道。吐谷浑风餐穹庐，慕容部露宿水草。祁连险峻，良骢驰骋千里；河源宽阔，金玉蜚声四昊。尚孔圣，宣佛教。勇士长裙飞舞，娉婷花冠妖娆。数次中兴，雄风扫尽关山；几番沉浮，繁华梦断琼瑶。兵败汉家铁骑，隐忍吐蕃长矛。和亲公主，谁叹"伏俟"[③]之苦；分道茴众，不堪凉州之劳[④]。王城兰殿无踪，可汗枉为天骄[⑤]。

---

① 本段描写文成公主入藏与松赞干布和亲后，唐朝与吐蕃的关系。贞观二十三年（649年）唐高宗册封松赞干布为西海郡王，驸马都尉。王玄策出使天竺那烂陀寺。（参照百度百科网站资料，网址：https://baike.baidu.com/item）
② 此指金城公主在赤岭树立唐蕃古道界碑；在长安有唐蕃会盟碑。
③ 指吐谷浑的王城伏俟城。
④ 指吐谷浑陷入分裂，走向灭亡。
⑤ 本段形容吐谷浑的风土人情和习俗。

嗟乎！滔滔襄曲，巍巍葱岭①。苏毗女国，"人有万姓"。享寥廓地域，物产丰盈；据繁茂水草，农牧为营。更有粟谷穬麦，丰年盛景。黄金纹锦，赢得商贸昌兴；国政宗法，崇奉阿修神明。负有乌卜之俗，常发轻男之令。二次丧葬，置骨宝瓶；数度涂金，幻化魅影②。性情饶勇，精绝、鄯善负荆③；文化灿烂，建筑、医学领英。

嗟乎！岁月无声，苍天有知。唐蕃旧事，一任白驹过隙；边塞烟霞，百转时光飞逝。寄情愫于高顶，抒感慨于遐思。闻金鼓于莲峰，见玉嶂于幽池。离宫行馆，鸾鸣凤至；庙策宴飨，春华秋实。冷帐乌旌，叹寒云之断肠；卤薄法驾，咏凄凉之别词。

呜呼！箫管难再，戎曲不常；铃花空悬，野径独唱。抚今追昔，可叹地老天荒；回瞻历史，感怀沉疴幻象。河汉迎远，山川送往。浮生若梦，世事沧桑。聊寄寸心，赋韵以酬羽觞：

　　寒原冰雪荡云波，赤岭秦州野草罗。
　　日月山前飞铁马，龙支城里舞金戈。
　　王师天降擒胡狄，帝女和亲奏九歌。
　　千古风华今不在，空余鸿雁渡苍河。

3.《茶马古道赋》（仿隋江总《劳酒赋》体）

　　　　　在浩渺之天路，攀苍茫之高原。
　　　　跨川滇而纵万里，越雪域而望峰峦。
　　　　携云崖于霜寒，聆飞鸟于婉转。
　　　　乃植蒙顶④之茶，品味"灵茗"之宴。
　　　　驰西域之羌马，骋绝壁之残垣。

---

① 襄曲指襄曲流域，即苏毗河。
② 此指苏毗人的丧葬制度和赭面习俗。
③ 指苏毗征服精绝国和鄯善国。
④ 指蒙顶山，位于四川省雅安市境内。

寻深谷之野径，叠危楼之石盘。

享妙济①之甘露，往"互市"②而流连。

赞古道之悠远，若回眸于千年。

4.《忆江南三首·敦煌》

其一：

敦煌好，天府济祁连；古道丝绸呈异彩，春风吹遍玉门关。沧海变桑田。

其二：

敦煌忆，最忆莫高山；妙法觉通收万象，天工开物镜台莲。禅境绽芳兰。

其三：

敦煌忆，其次忆危山；层障叠峰移岱岳，鸣沙飞动舞金鸾，暝色入青阑。

（二）"黄沙百战穿金甲"③

1.《敦煌曲子词·伐突厥》

突厥汗帐都杭爱④，嚈达⑤灰飞云霄外。射匮广开疆，十厢抗大唐。威远发龙聩。叱咤灭胡番，盛名日月传。

2.《定风波·唐王⑥击虏》

朔塞边关暗夜风，羽书飞落战城中。突厥几番骄肆逞。驰骋。狼烟千里起兵戎。渭水岸边豪气盛，重整。大唐神武耀军容。胡汉阙庭⑦谁与共？齐颂。"参天丝路"⑧入云空。

---

① 指蒙顶茶的创始人普惠妙济禅师吴理真。
② 指中原王朝与外国或异族之间贸易的通称。
③ 摘自王昌龄《从军行七首》。
④ 指杭爱山：古名燕然山，位于蒙古国中部。
⑤ 古代西域国名，为大月氏的后裔，一说为高车的别种，五世纪中分布于今阿姆河之南。
⑥ 指唐太宗李世民。
⑦ 指帝王所居之处，借指朝廷。
⑧ 指参天道。

（三）"千古英名垂宇宙"

1.《玄奘法师》

壮岁西行寻梵境，
寒风凛冽雨霜淋。
钟山独坐听松语，
上界修禅结宇吟。
远涉流沙宗法相[①]，
苦舟渡海鉴丹心。
真经求取天台近，
遥望长安泪满襟。

2.《大唐御史王玄策[②]》

持衡唐御史，
握瑞帝王城。
赫赫威天竺，
堂堂震玉京。

3.《车奉朝[③]》

戎马传君节，
禅坛卧瑞松。
龟兹孤影伴，
梦里帝乡逢。

[①] 玄奘为法相宗。
[②] 大唐贞观年间三次出使天竺的御史。
[③] 车悟空（731—812年），俗名车奉朝，本姓车非氏，京兆郡云阳县（今陕西省泾阳县云阳镇）人，鲜卑族。明朝小说《西游记》中孙悟空的原型之一。永和七年，圆寂于长安护法。

4.《和亲公主[①]》（仿五代《望江南·天上月》体）

其一：《文成公主》

　　边塞月，云梦泛起心伤。报国和亲连汉藏，可怜公主伴胡王，日夜念家乡。

其二：《昌珠寺[②]雪》

　　　　昌珠飞舞冰山雪，玉顶莲空烈北风。

　　　　漫著琵琶声瑟瑟，悲吟羽徵泪融融。

5.《传丝公主》

其一：《万里赴他乡》

　　　　于阗万里娶亲还，仪礼备至舞凤鸾。

　　　　告始阳春事采桑，明神护佑养丝蚕。

其二：《相见欢·思乡曲》

　　风清星谧云翔，月盈窗。静夜芳笺词笔墨阑香。心驰往，独惆怅，韵悠长。玉漏笙歌思远伴流光。

6.《浿水秋江花月夜[③]》

　　　　秋阑江渚云远宁，暮霭层韵月华升。

　　　　碧岸葳蕤舟自隐，波镜银沙雁南行。

　　　　江鸥唱晚入霜天，翠屿琼花娇紫殿。

　　　　丝管纷飞良宵吟，月落堤柳桂树灿。

[①] 指唐朝与吐蕃和亲的文成公主与金城公主。
[②] 昌珠寺位于山南雅砻河东岸的贡布日山南麓，距乃东县约二公里，属格鲁派寺院。建于松赞干布时期，据说文成公主曾在该寺驻足修行。（参照百度百科网站资料，网址：https://baike.baidu.com/item）
[③] 鸭绿江古称浿水，汉朝称为马訾水，唐朝始称鸭绿江。（隋唐时期浿水为大同江）
　　鸭绿江是渤海国取道登州，直抵唐都长安城的唯一较近的古道。神州临江正处在朝贡道上水陆交替转换的重要位置。唐王朝运来的丝绸、陶瓷和渤海国运往唐王朝的贡品均在临江中转。中华文化正是由鸭绿江朝贡道传播到了日本、新罗、西伯利亚等地。（参照百度百科网站资料，网址：https://baike.baidu.com/item）

渔歌幽婉伤别离，缱绻残香虚掷期。

江水东流终赴海，江曲盘桓成九溪。

皇天浩浩无边际，江色茫茫漱空阔。

丝绸之路朝贡忙，渤海潮头客子伤。

经年一去转星河，平芜两半不相知。

春颜何日待重楼？昨夜孤窗烟雨迟。

千杯遥忆故园人，独饮颦眉莺语痕。

醉却繁星寄乡愁，梦萦朱户悲红尘。

素襟湿泪映浮萍，枉然夜半杜宇鸣。

弦短思长忧曲散，歌歇舞起恨天明。

寂寞嫦娥悦皎光，娉婷商女挽吴郎。

江畔潮汐逝万里，江津自古月牵肠。

银月垂辉邀晚兴，琴台瑶池凭玉径。

但求江月瑞轮圆，晦朔行藏照芳庭。

（四）"栩栩如生夺天工"

1.《菩萨蛮·唐三彩》

流光溢彩云霞灿，天华物宝琼花绽。胡女著霓裳，沙驼鸣昊苍。

曹衣澄碧水，吴带当风吹[①]。梦笔入兰心，神工雕玉琴。

2.《风入松·梅诉》

茶山画圣[②]韵梅图，御笔鸿书。恰如袅袅琼枝绽，嫩蕊露，满载瑶珠。素面王诗闲赋，娉婷莹润罗敷[③]。冰青澄色玉肌肤，好向平芜。"十全老叟"

[①] 指北齐画家曹仲达和唐代画家吴道子开创的两种衣纹描绘风格。此两种风格都属于宗教美术范畴，出自宋代郭若虚的《图画见闻志·论曹吴体法》。（参照百度百科网站资料，网址：https://baike.baidu.com/item）

[②] 指乾隆时南书房行走钱维城。

[③] 指汉代燕赵美女罗敷。

古代卷　"呦呦鹿鸣"

第六章　长风万里玉门关——隋唐锦绣

风情诉，鹤椿鹿，一览秋湖。皓月祥云影驻，花魁怎比仙姝。

图片来源：笔者摄于南京六朝博物馆

3.《阿拉丁神灯——长沙外销瓷[①]》

湘瓷呈玉色，

古岸耀神灯。

风浦江澜上，

天方彩彻升。

4.《舞马衔环[②]》

兴庆宫中鼓乐鸣，五方八佾共西京。

披金骏马衔环舞，戴玉骐骝辗转行。

[①] 此指唐代长沙外销瓷的油灯与伊斯兰风格的《阿拉丁的神灯》如出一辙（参照林梅村.《丝绸之路考古十五讲》，北京大学出版社，2006年8月版，第231-232页）

[②] 据《明皇杂录》记载：唐玄宗时，宫中养了好几百匹舞马。玄宗经常观看并亲自训练。每逢阴历八月十五日玄宗生日（即中秋节）时，在兴庆宫的勤政务本楼下都要举行盛大的庆祝活动，并以舞马助兴。此时的舞马披金戴银，在《倾杯乐》的乐曲中，翩翩起舞。一曲结束之后，舞马会衔着地上盛满酒的酒杯到皇帝面前祝寿。唐朝文人曾写下许多有关舞马的诗词"屈膝衔杯赴节，倾心献寿无疆""更有衔杯终宴曲，垂头掉尾醉如泥"都是对其真实的描述。银壶上的"舞马衔杯"造型正是当时祝寿情景的真实再现。（参照百度百科网站资料，网址：https://baike.baidu.com/item/）

祝寿倾杯恭屈膝，徘徊应节敬神明。

弦歌一曲君王醉，九土天光颂太平。

5.《怀圣清真寺》①

清真古刹白云间，

宣礼崇楼颂《古兰》。

五鼓登临邦克塔，

珠江帆影浩沧澜。

（五）"阳春白雪绕梁音"

1.《秦王破阵乐》②

一曲秦王乐，

飞声上九霄。

东瀛吟律吕，

天竺赏萧韶。

2.《胡旋舞》

西域花姬迷圣主，

胡璇阵阵踏歌声。

霓裳艳丽君王醉，

云鬟蓬松电掣行。

万转千回飘翠带，

---

① 怀圣寺是广州的清真古寺之一，始建于唐高祖武德年间，怀圣寺总面积1553平方米，整体建筑为典型的阿拉伯建筑风格，寺内设有教长室、藏经室、礼拜大殿和专供洗礼的水房寺内的光塔。怀圣寺是中国现存最早的清真寺，1996年被国务院公布为第四批全国重点文物保护单位之一。（参照百度百科网站资料，网址：https://baike.baidu.com/item/）

② 《秦王破阵乐》是中国唐朝宫廷乐舞，最著名的歌舞大曲之一。最初用于宴享，后用于祭祀，属武舞（与文舞相对）类。是大唐鼎盛时期的象征，气势不凡。秦王即唐太宗李世民，"秦"是其登基前封号。该曲传入印度和日本。（参照百度百科网站资料，网址：https://baike.baidu.com/item/）

环珠摇摆舞轻盈。

杨妃一笑千娇媚,

夜宴琼林皓月明。

3.《倾杯乐》①

琵琶羯鼓声南吕②,

觱篥筝箫羽徵商③。

长笛短笙歌《玉女》④,

箜篌铜钹奏《西凉》。

佳人漫舞同心乐,

夜宴觥筹饮酒觞。

五旦七宫⑤余韵袅,

羞花闭月唤霓裳。

---

① 亦作"倾盃乐"。亦作"倾杯"。亦作"倾盃"。唐教坊曲名。后用作词牌名。
② 指龟兹乐演奏的七声之一。
③ 指五音中的三音。
④ 指龟兹乐曲《玉女行觞》。
⑤ 指胡琴的宫廷调。

第七章 "月明羌笛戍楼间"[①]——宋元清晏

引首：两宋时期，由于西夏党项族的崛起，宋朝疆域大幅缩减，政府渐渐失去了对西域和河西走廊的控制，到了南宋时期，由于金国、蒙古和漠北游牧民族的侵扰，政府就更无暇西顾，涉足西北地区的管理，因此陆上丝绸之路衰落日益明显，而海上丝路则逐渐崛起。

蒙元时期，随着蒙元帝国的三次西征及南征，使帝国成为横跨欧亚大陆的强国，驿路林立，交通发达，这就为丝绸之路的复兴提供了有利的客观条件。在欧亚大陆上，国际商队长途贩运活动再度兴盛起来，东西方的商贸进一步发展。据史料记载，当时在漫长的东西方陆路商道上从事商队贩运贸易的，有欧洲商人、有西亚、中亚地区的商人以及中国色目商人等。这些异域的商人携带了大量金银、珠宝、药物、奇禽异兽、香料、竹布等商品来中国或在沿途出售，而他们也从中国购买缎匹、绣彩、金锦、丝绸、茶叶、瓷器、药材等商品。元代来华外国商人、商队为数之众，在外国史料中多有印证。元代丝绸之路的交往目的发生了明显变化，大多是以宗教、文化交流为使命，而不再是以商人为主导，从侧面反映了丝绸之路的衰落[②]。

[①] 引自唐代高适《塞上听吹笛》诗句。
[②] 参照百度百科网站资料，网址：https://baike.baidu.com/item/

一、"涨海声中万国商"① ——宋代丝绸之路

（一）《齐天乐·海夜帆风》

彩云天际丝绸灿，霓裳羽衣春殿。素女流连，菱花菡萏，明月箫声笛管。花香蝶恋。觅芳草青兰，莺歌啼啭；海夜和风，潮头帆影却如幻。

香珠翠玉龙脑，巨舟②丰谷米，佳酿仓满。宝物珍馐，辐辏港口，货贿流通无限。青辉又见，碧水正微澜，岭南山间。几点晨星，任由幽梦远。

（二）《苏幕遮·四大发明》③

蔡公侯④，施锦绣，黄叶香笺。妙手尘纤镂。磁母司南⑤牵斗走。千里迷航，遥指辰星宿。

练硫黄，分火候。仙药灵丹，道骨延天寿。一字千金云出岫，万古流芳，丝路苍冥佑。

（三）《相见欢·越窑青瓷》

青瓷一缕珠光，欲凝香。翠色千峰，含朴入春阳。叶花俏，玉瓶妙，蕙兰芳。别有万般风韵悠长。

（四）《点绛唇·泉州⑥海港》

百越风光，刺桐海曲萍花漫。水流云幻，俊鸟飞还恋。万里关乡，歌

---

① 摘自宋代李邴《咏宋代泉州海外交通贸易》的诗句。
② 指舟如巨室。
③ 苏幕遮是原唐玄宗时教坊曲，后用作词调。幕，一作"莫"或"摩"。这个曲调源于龟兹乐，本为唐高昌国（高昌故城位于今新疆吐鲁番市东）民间于盛暑以水交泼乞寒之歌舞戏。四大发明就是通过丝绸之路传播到世界的。（参照百度百科网站资料，网址：https://baike.baidu.com/item）
④ 指东汉蔡伦改进造纸术。
⑤ 指指南针。
⑥ 宋代设立的市舶司中，最重要的四个是广州、泉州、杭州、明州。

浦离人怨。千帆卷，客船行倦，一纸家书盼。

（五）《南歌子·宝船》

　　南海丝绸路，波光绿柳岸。青苍无语屿山暖。万束高桅，江浦货仓满。珍贝镶异宝，粲然耀目炫。几多流水别乡远，袅袅秋风，漂泊付云燕。

（六）《巫山一段云·明州[①]吟》

　　云笼春山雨，江盈落日霞。碧波摇曳绿榕花，杭州风物华。原野果香茶美，峻岭含烟滴翠。乡歌一曲玉楼前，丝光绣画卷。

（七）《留春令·桃花扇》[②]

　　暮春香影，玉台阁榭，夜阑风啭，月宠胭脂水盈帘，剪不断，轻丝幻，一缕霞光争相灿。梦回芳菲苑，风华陶然醉君前，有道是，桃花扇。

（八）《忆江南·苏州宋锦[③]》

　　苏州好，宋锦出花间。素雅纷呈香竹榭，云霞芳草沁心田。青织画堂前。

[①] 明州，古代地名。开元二十六年（738年），将鄮县分为慈溪、翁山（今舟山定海）、奉化、鄮县四个县，设明州以统辖之。州治设在鄮县（今宁波市鄞州区鄞江镇）。（参照360百科网站资料，网址：https://upimg.baike.so.com/）

[②] 宋人赵汝适撰写的《诸蕃志》，记载了宋地的丝绸输出东南亚各地的情况，输出地包括占城、真腊、三佛齐、单马令、凌牙斯加、细兰国、故临国、层拨国、渤泥、三屿等地，输出产品有生丝、假锦、锦、建阳锦、绫、五色绢、绢扇、绢伞等等，种类十分丰富。明代秦淮八艳秣陵君李香君曾为南京秣陵教坊名妓。1699年孔尚任的《桃花扇》问世后，李香君遂闻名于世。（参照百度百科网站资料，网址：https://baike.baidu.com/item）

[③] 宋锦是中国传统的丝制工艺品之一。因其主要产地在苏州，故又称"苏州宋锦"。宋锦色泽华丽，图案精致，质地坚柔，被赋予中国"锦绣之冠"，它与南京云锦、四川蜀锦、广西壮锦一起，被誉为我国的四大名锦。宋锦开始于宋代末年（约公元11世纪），产品分重锦和细锦（此两类又合称大锦）及匣锦、小锦。重锦质地厚重，产品主要用于宫殿、堂室内的陈设。细锦是宋锦中最具代表性的一类，厚薄适中，广泛用于服饰、装裱。（参照百度百科网站资料，网址：https://baike.baidu.com/item/）

（九）《咏杭州》

其一：

江南香绿岸，锦地沐春潮。

西子妆新雨，霓裳媚小桥。

夕斜灵隐寺，月倚碧云霄。

绚丽灵丝涌，罗衣舞管箫。

其二：

秋 月

月满槛楼兰屿远，

杭州秋殿百花鲜。

千封锦绣南乡练，

机杼声声到客船。

（十）《青玉案·榷场[①]》

关山万里云峰路，铁马驻，金戈舞。望断檀渊[②]昏夜暮，角声无数，洗兵行度，弥漫烽烟处。

战城互市迎千户，交易繁忙货商布。兜揽承平征税赋，南乡奇宝，

  北方香柱，珠玉丝衣著。

[①] 榷场是宋辽金元各在边境所设的互市市场。
[②] 古湖泊名，也叫繁渊，故址在今河南濮阳市西。公元1004年（宋真宗景德元年）秋，辽国萧太后与辽圣宗，亲率大军南下深入宋境。有的大臣主张避敌南逃，宋真宗也想南逃，因宰相寇准的力劝，才至澶州督战。宋军坚守辽军背后的城镇，又在澶州（河南濮阳）城下以八牛弩射杀辽将萧挞览（一作凛）。辽由于自身原因，很早就通过降辽旧将王继忠与北宋朝廷暗通关节。宋真宗也赞同议和，派曹利用前往辽营谈判，于十二月（1005年1月）间与辽订立和约：宋辽约为兄弟之国，宋每年送给辽岁币银10万两、绢20万匹，宋以白沟河为边界。因澶州（河南濮阳）在宋朝亦称澶渊郡，故史称"澶渊之盟"。（参照百度百科网站资料，网址：https://baike.baidu.com/item/）

（十一）市舶司[①]

祈风祭海官家主，征榷夷藩阅货船。

结好胡商天使客，丝绸万缗弄潮边。

（十二）《如梦令·南海神庙》[②]

神庙高居南海，江上银波雾霭。刺史[③]妙吟诗，西土六侯[④]应在。天籁，天籁，风动一池云彩。

二、"梦不到紫罗袍共黄金带"[⑤]——元代丝绸之路

（一）《中吕·十二月带过尧民歌——元代海上丝路》

云崖溇浃，棹橹鸣扬。船帆百丈，万里开洋。通商远航，海纳番疆。（过）苍冥入港水茫茫，银浦官兵意堂堂。四桅风舞志高昂，凤宝龙珠翠流香。金觞，青瓷耀瑞光，绝域声威壮。

（二）《黄钟·节节高——咏忽必烈》

九州操驭，纵横天踞。开疆拓土，神都盛誉。奉汉学，尊儒术，崇太虚，换了龙翔凤翥。

[①] 市舶司是中国在宋、元及明初在各海港设立的管理海上对外贸易的官府，相当于海关。是中国古代管理对外贸易的机关。

[②] 南海神庙，又称波罗庙、东庙，坐落于广州市黄埔区庙头村，始建于隋开皇十四年（594 年），已有一千四百多年历史，是中国历代皇帝祭海的场所。宋元时期即为羊城八景的首景"扶胥浴日"，是中国四大海神庙中唯一保存下来的规模最大、最完整的海神庙，在对外交通贸易中起着重要作用，是古代海上丝绸之路发祥地之一，也是对外贸易交往的历史见证和重要史迹。（参照百度百科网站资料，网址：https://baike.baidu.com/item）

[③] 指唐朝袁州韩愈和循州刺史陈谏书所题的南海神广利王庙碑。

[④] 指"六侯之记碑"，宋绍兴乙丑年（1145 年）置于南海神庙内，六侯是印度海员达奚司空、杜公司空、顺应侯、济应侯、辅灵侯、赞宁侯等 6 人。（参照中山大学出版社《广州还是丝绸之路》，1993 年 8 月版）

[⑤] 摘自元代宋方壶《山坡羊·道情》的诗句。

（三）《正宫·塞鸿秋——元青花》

怎能忘素瓷青花绽，怎能忘釉香如幻。怎能忘玉壶春雁[1]，怎能忘宝琛明晏。云肩疏叶缠，一色千枝串。浓妆淡抹西施扮。

（四）《中吕·十二月带过尧民歌——元代道教元始天尊牌[2]》

寰冥慧根，元始天尊。行科演教，辅济乾坤。清微道门。法界无垠。【过】戴莲花妙法长存。耀瑞光华美留痕。芙蓉面不怒而温，著紫衣神态圆浑。经纶玄虚度紫闱[3]，圣物诚含蕴。

（五）《中吕·十二月带过尧民歌——成吉思汗[4]》

鹰击草原，铁马蹄掀。神武智勇，帝国昭喧。屠城破垣，虎啸征蕃。（过）风云腾起巨澜拼[5]，一代天骄运乾元。踏平西夏据龙藩，荡灭金朝笑龟鼋。弓鞬[6]彤弦利刃翻，霸业千秋建。

---

[1] 指玉壶春瓶。
[2] 元始天尊束发，头戴上清芙蓉冠，又名上清莲花冠，道门三冠之一，乃道冠等级最高者，唯有高功法师行科时方用。天尊面相圆润光质，吉相融柔，闭目抿唇，长须拂面，神情不怒而威。衣着道袍，下髻宽大，迭佩线流婉转轻贴，全跏趺而坐，双手捧丹炉置于中央。周身环绕花叶卷草为饰，雕工繁缛精美。天尊下方所刻为其全称："一气化三清玉清居清微天圣登玉清境始气所成日天宝君元始天尊妙无上帝"，正面通体镏金，虽因年代久远致部分金彩脱落，但仍隐约可窥见其当初华丽光耀之美。背面落款为："大元国亦集乃路天长观圣器皇庆二年七月十四日长春真人静虚法师奉造"，字体工整俊秀。亦集乃，又译亦即纳，西夏语意为"黑水"。原为西夏黑水城，为西夏西北部军事重镇，十二监军司之，黑水镇燕监军司治所。至元二十三年（1286年）于此置亦集乃路，辖境约当今内蒙古阿拉善盟额济纳旗境。元于此开凿合即渠，屯田90余顷，为元代自河西走廊通往漠北地区驿路上的重要枢纽。由此物背部款识可知，本品为元代亦集乃路天长观之圣器，于皇庆二年（1313年）由长春真人静虚法师所奉造。本品为道教圣物，是研究中国元代道教文化的重要遗存，宗教历史价值极高。（参照道教之音网，网址：http://www.daoisms.org/shuhua/info-22712.html）
[3] 指道教。
[4] 指北京白云观，道教之音网，网址：http://www.daoisms.org/shuhua/info-22712.html。
[5] 古同"翻"，飞的样子。
[6] 指弓箭袋。

（六）《南吕·四块玉——丘处机①》

饮月松，吟清梦，万里西行驾神骢，天言力挽风雷动②。掌教宗，真道弘，称世雄。

（七）《天净沙·马可波罗行纪③》

摩云瀚海天涯。几多风物琼华。远瞩东方彩霞。神都如画。玉歌犹唱庭花。

（八）《中吕山·山坡羊——阔阔真公主④》

风烟如聚，激流如怒。长河千里西行路。

远神都，望冰壶。他乡月下凭阑处。公主内心充满了苦。

欢，也是苦。悲，也是苦。

---

① 丘处机（1148—1227年），字通密，道号长春子，登州栖霞（今属山东省）人，道教全真道掌教、真人、思想家、政治家、文学家、养生学家和医药学家。丘处机为南宋、金朝、蒙古帝国统治者以及广大人民群众所共同敬重，并因以74岁高龄而远赴西域劝说成吉思汗止杀爱民而闻名世界（行程35000里）。（参照百度百科网站资料，网址：https://baike.baidu.com/item/丘处机）

② 指丘处机一言止杀。

③ 马可·波罗（Marco Polo，1254年9月15日—1324年1月8日），出生于克罗地亚考尔楚拉岛，意大利旅行家、商人，代表作品有《马可·波罗行纪》。他曾到过元大都，受到忽必烈的接见。《马可·波罗行纪》中几处写道：元大都外城常有"无数商人""大量商人"来往止息，"建有许多旅馆和招待骆驼商队的大客栈，……旅客按不同的人种，分别下榻在指定的彼此隔离的旅馆"。既为不同人种，无疑为外国客商。《通商指南》也指出，"……汗八里都城商务最盛。各国商贾辐辏于此，百货云集"。（参照百度百科网站资料，网址：https://baike.baidu.com/item/）

④ 一说为元世祖忽必烈的女儿，西亚地区伊儿汗国可汗的王妃。公元1290年伊儿汗国可汗阿鲁浑的妃子死了，便派人到大都求亲，元世祖选了一位叫阔阔真的皇族少女，赐给伊儿汗国可汗做王妃，在马可·波罗的护送下顺利到达伊儿汗国。另一说1286年伊儿汗国可汗阿鲁浑的妃子卜鲁罕去世。遗言非本族之女不得继承其后位。卜鲁罕乃伯岳吾氏，她实际上原是阿鲁浑父阿八哈之妃，阿八哈死后被阿鲁浑收继。伯岳吾氏与弘吉剌氏等同属蒙古迭列斤集团，与蒙元汗室所属蒙古尼伦集团长期保持通婚关系。阔阔真也出自伯岳吾氏，仅是贵族。（参照百度百科网站资料，网址：https://baike.baidu.com/item/）

（九）《折桂令·汪大渊[①]》

平生两下西洋。行在西洋，走在西洋。宛若云鹰，犹如利箭，意志刚强。涛浪波光渺茫，夜槎新月徜徉。鸥鸟翱翔。豪气轩昂，九曲回肠。

（十）《黄钟·人月圆——回医[②]》

天方奇药声名远，中土救黎元。赈灾扶弱，回春妙手，遐誉西蕃。（么）饮食健法，刚柔并举，重造乾坤。养生元化，神医济世，千古流传。

（十一）《黄钟·人月圆——广惠司[③]》

医官研阅千家症，阴翳化春升。绿花金木，回疆宝典，方自天承。（么）弱寒贫苦，恩泽普世，嘉惠恩凌。广施仙药，悬壶济世，家国昌兴。

（十二）神都颂[④]（仿孙髯翁的天下第一长联"大观楼长联"体）

四百里神都，崇山巨海，蟠天际地，引乾坤晖丽昭彰。享：桑田灵渚，幽野燕云，绝域黄淮，殊方太白。风霜古道凭凌凤鬵龙翔。霸浩荡雄关[⑤]，终写就磅礴气概；扬羲和[⑥]紫韵，竟谱成锦绣丹台，又曾是：七朝

[①] 汪大渊，元朝民间航海家，字焕章，南昌人（今南昌市青云谱区施尧村汪家垄）。至顺元年（1330年），年仅20岁的汪大渊首次从泉州搭乘商船出海远航，历经海南岛、占城、马六甲、爪哇、苏门答腊、缅甸、印度、波斯、阿拉伯、埃及，横渡地中海到摩洛哥，再回到埃及，出红海到索马里、莫桑比克，横渡印度洋回到斯里兰卡、苏门答腊、爪哇，经澳洲到加里曼丹、菲律宾返回泉州，前后历时5年。至元三年（1337年），汪大渊再次从泉州出航，历经南洋群岛、阿拉伯海、波斯湾、红海、地中海、非洲的莫桑比克海峡及澳大利亚各地，至元五年（1339年）返回泉州。他一共航海过2次。（参照百度百科网站资料，网址：https://baike.baidu.com/item/）

[②] 指元代著名的西域医生。

[③] 指元代官方设置的药局。

[④] 神都指元大都。

[⑤] 雄关指山海关。

[⑥] 羲和指太阳女神。

鸣鼎[1]，九土宾服，八佾[2]荣廷，三辰[3]瞻仰。

　　数千年岁月，广宇晴川，镇远扶边，秉塞外苍茫寥廓。驭：乱胡蛮夷，藩国莽虏，蚁蝼宿寇，魑魅戎狄。铁马金戈笑饮灰飞烟灭。望残阳"太液"[4]，似浅吟翠殿繁华；叹晓月"卢沟"[5]，犹漫诉征尘沙麓。便留得：一世浮沉，两仪[6]谁主？万般思绪，几许清商[7]。

---

[1] 七朝鸣鼎指北京曾是七朝都城，即燕国、前燕、辽、金、元、明、清。
[2] 八佾指《论语·八佾篇》中所指八佾舞。
[3] 三辰指日月星辰，古时代表皇恩浩荡。
[4] "太液"指北海太液池，为燕京八景之一的"太液秋风"。
[5] "卢沟"指卢沟桥，为燕京八景之一的"卢沟晓月"。
[6] 两仪指《周易》所指阴阳。
[7] 清商指汉魏六朝乐府音乐。

第八章 "璀璨晶光射云汉"[①]——明清优昙[②]

引首：明朝初期，成祖时中央政府设置的哈密卫统治了西域的东部，通过朝贡贸易，与西域各个政体密切交往，将经贸文化交流和政治互动高度结合起来，陆路丝绸之路的面貌发生了显著的变化，并凸显着新的时代特点。但随着亚洲各蒙古政权的崩溃以及中亚奥斯曼土耳其的崛起，陆上丝绸之路逐渐衰落。到了明代中期以后，政府采取了闭关锁国的政策，与此同时，造船技术和航海技术不断发展，海上交通代之而起，海上丝绸之路成为东西方交流的主要渠道，以郑和下西洋为代表的明代海上丝绸之路也达到极盛时期。

清代西北陆上丝绸之路已经丧失中西交通主干道地位，加上受自然条件变迁、战乱频繁以及中国政治商贸中心东移的影响和政府管理不善，基础建设落后等原因，而日趋衰败没落。但是，内地与西北陕甘、新疆地区的交通并未完全中断。据史料记载，"从1758到1853年，俄国和浩罕汗国之间的进出口贸易额增长了10倍多，最显著的是后十几年间棉花进出口量的增长"。而东北亚的丝绸之路也成为连接中、俄、日、朝的重要纽带。清朝政府管理着大宗的绢马贸易，西南地区的边茶贸易依然存

[①] 摘自明朝刘基《明斋诗为湖广陈进士赋》的诗句。
[②] 优昙指佛教优昙婆罗花。道教之音网，网址：http://www.daoisms.org/shuhua/info-22712.html。

在。同时，清政府还用江南的丝绸换取哈萨克的牲畜和马匹，清代的汉族和回族商人用同样的方式将大宗茶叶、大黄和丝绸贩运到新疆，再准备销往中亚地区。中亚商人再将这些货物从喀什噶尔、莎车、和田以及新疆其他城市的市场带到印度和俄国。这条新兴的贸易线路很大程度上决定了浩罕汗国的崛起，并将浩罕汗国一时间变成了丝绸之路上的经济大国[①]。

一、"百丈游丝争绕海"[②]——明代丝绸之路

（一）瀚海商舟通四夷——明代陆上丝绸之路

1.《水调歌头·陈诚西行记》[③]

皇命使西土，但祭托神寰。历经冬夏寒暑，风雪漫霜天。不觉辰移星转，几度峰回路转。通好四夷蕃。共济秉柔远，秦晋结金兰。

过哈密，穿大坂，渡沧澜。广施善泽，昭化邦国颂仁贤。不辱乾符臣愿，遍访殊风奇观，老幼尽开颜。百世成佳话，天地永流传。

2.《锐意通四夷》

　　　　　　　频年朝贡路，
　　　　　　　蕃国拜冠旒。
　　　　　　　绮锦盈千匹，
　　　　　　　雕骖胜紫骝。

---

① 参照米华健著，马睿译.《丝绸之路》，译林出版社，2017年4月版。
② 参照唐代卢照邻《长安古意》诗句。
③ 陈诚（1365—1457年），字子鲁，号竹山，元至正二十五年（1365年）生，江西吉水人，明洪武—永乐年间，曾出使安南、五次出使西域帖木儿帝国、鞑靼，与航海家郑和齐名。（参照百度百科网站资料，网址：https://baike.baidu.com/item/）

古代卷　"呦呦鹿鸣"
第八章　"璀璨晶光射云汉"——明清优昙

3. 鄂本笃①

披荆斩棘勇登攀，

千里疾风越莽关。

一枕驼铃星月远，

沙舟已过万重山。

4. 永宁寺碑②

北海丝绸路，

真言载"永宁"。

边关都司使，

史册耀云庭。

（二）"百丈游丝争绕海"——明朝海上丝绸之路

1. 伊本·白图泰③

西风万里蔽天行，

---

① 鄂本笃（1562—1607年），葡萄牙人。耶稣会会士、旅行家。年轻时参军入伍，约于1594年至印度，在印度南部马拉巴驻防，并在那加入耶稣会，和莫卧尔王朝国王阿克巴是至交，并学会波斯语。后受印度耶稣会视察员皮门塔派遣，欲探寻经亚洲中部通往北京的陆道，于1602年（明万历三十年）自印度亚格拉启程，经中央亚细亚，越帕米尔高原，于1605年（万历三十三年）到达肃州附近时（经考证为嘉峪关市市辖区内），后即病死于此。其残存之行记曾由利玛窦整理转述，收入《利玛窦中国札记》中，为研究中西交通史的重要参考资料。（参照百度百科网站资料，网址：https://baike.baidu.com/item/）

② 永宁寺碑是中国明朝的石碑，全称"敕修奴儿干永宁寺碑"。立于明朝奴儿干都司官署附近黑龙江岸的石岩上（今俄罗斯特林，距黑龙江入海口约150公里）。碑有两块：一为明永乐十一年（1413年）的《永宁寺记》，一为宣德八年（1433年）的《重建永宁寺记》，均系明朝宦官亦失哈奉旨巡视奴儿干都司时竖立的。永宁寺碑是明政府对黑龙江流域及库页岛实行管辖的物证，也是研究明代东北的重要史料。清末曹廷杰重新发现永宁寺碑并将碑文拓下，使其得以流传于世；而这两块石碑则被俄国拆除并运往海参崴。（参照百度百科网站资料，网址：https://baike.baidu.com/item/）

③ 伊本·白图泰，摩洛哥穆斯林学者，大旅行家。1304年2月24日，白图泰出生于摩洛哥丹吉尔的一个柏柏尔人家庭。20岁左右时，他出发去麦加朝圣，从此，他踏上了一条长达75000英里的旅途，经过了现44个国家的国土。（参照百度百科网站资料，网址：https://baike.baidu.com/item/）

123

绸伞帆樯瀚海擎。

圣地朝歌参造化，

人间一梦过寰瀛。

2.《郑和下西洋[①]赋》（仿明代袁宏道《虎丘记》体）

郑和生云南，昆阳州人，世所谓三宝太监者也。生而魁伟奇岸，风裁凛凛。姿貌不凡，才负经纬。文通孔孟，知兵善战。博辨机敏，谦恭谨密。凡遇困寡，恒护佑，性好善，而缙绅咸称誉[②]。

奉敕出海，七下西洋。福船到彼，首发太仓[③]。"立排栅如城垣"，集聚钱粮。设更鼓楼，盖造仓廒库藏。南风正顺，趋赴占城，穿越马峡[④]，登临旧港[⑤]。如箭驰弦上，飞鸿江波，霞披云霓，大雁翱翔。

秋色正浓，梅开二度。再扯桅帆，击波斩浪。横渡渤泥[⑥]，隔与皇室相望。直刺暗礁，兰屿[⑦]为乡。未几而入印度之洋。搏击海盗，斗志昂扬。已而满载异宝，珊瑚金箔，蔷薇珍珠。花鹿金豹，青花白鸠，目眩琳琅。色带尽飘扬，罗盘指大方。海路针经，昼夜飞驰，牵星过洋。迷雾不失，阴雨不迷；巨浪如山，而撑起云帆高涨，灯笼旗语，布阵有方；螺号喇叭，联络通畅。乐师如云，服饰煌煌。尽显大国风范，堪为礼仪之邦。

光阴荏苒，辰宿列张。与尔皆四海之内友邻兮，厚来博往。"天子使

[①] 郑和下西洋是明代永乐、宣德年间的一场海上远航活动，首次航行始于永乐三年（1405年），末次航行结束于宣德八年（1433年），共计七次。由于使团正使由郑和担任，且船队航行至婆罗洲以西洋面（即明代所谓"西洋"），故名。（参照百度百科网站资料，网址：https://baike.baidu.com/item/）

[②] 参照林梅村.《丝绸之路考古十五讲》，北京大学出版社，2006年8月版，第5页。

[③] 指江苏太仓浏家港。

[④] 指马六甲海峡。

[⑤] 今印度尼西亚苏门答腊巨港，是明政府当时驻西洋（永乐年间的称谓，现在东南亚部分地区）最高行政机构，也是当时明朝领土最南端。（参照百度百科网站资料，网址：https://baike.baidu.com/item/）

[⑥] 渤泥国是现在的文莱。古浡泥国自北宋开始就与中国有着友好交往的历史。

[⑦] 指翠兰屿。

吏游其国矣"①，克谐以礼②耳。慷慨而馈赠，陟彼而相让。声名赫赫于天地，交好相亲，谈笑之间万化于蛮荒。诸蕃使节，争相来访。万国来朝，世世勿忘。

呜呼盛哉！郑和下西洋！丰功光耀九州，伟绩亘古今，鸿休惠四方。威仪堂堂，喧嚣万象。"上下交而其志同"③，琴瑟美而其道和。盖世之才，出人之智，清史流芳，百世垂光！

3.《忆秦娥·明青花》

韵流香，青花素裹色芬芳。色芬芳，柚胎为地，雏菊为妆。御窑绘出蛟龙翔，神豪天作缠枝镶。缠枝镶，携来瑞草，恰似春阳。

4.《红珊瑚》④

瀛崖胜览丽珊瑚，

满目玲珑嵌玉珠。

"金谷园"⑤中无此物，

千娇百媚赛仙姝。

5.《长颈鹿》⑥

天方呈福鹿，

---

① 参照《孟子·万章上》的"天子使吏治其国"。
② 参照《尚书·尧典》的"克谐以孝"，"克"指能够。
③ 摘自《易》之《泰》。
④ 据《瀛崖胜览·阿丹国》记载，郑和在红海之滨的阿丹国购买了珊瑚树二尺者数株（参照林梅村.《丝绸之路考古十五讲》，北京大学出版社，2006年8月版，第342页）
⑤ 指西晋石崇的金谷园。
⑥ 明永乐年间，皇帝派遣郑和七次下西洋，一段中国人跨越大洲求取"麒麟"的传奇故事，也由此开启。第一次"麒麟贡"是永乐十二年（1414年）榜葛剌国新国王赛勿丁进贡的一头长颈鹿，引发了朝野轰动，因为中国人从未目睹过这一形态和习性的动物。百官们虽然稽首称贺，不过当时朝野对长颈鹿究竟属何种动物均很难确定，或称"锦麟""奇兽"；或称"金兽之瑞"；《天妃灵应之记碑》中称麒麟为"番名祖剌法"，系阿拉伯语的音译，郑和的随员费信所著《星槎胜览》称"阿丹国"作"祖剌法，乃'徂蜡'之异译也"。而"徂蜡"可能是索马里语"Giri"的发音，将之与"麒麟"对应。（参照搜狐网站资料，网址：http://www.sohu.com/a/）

朝野讶麒麟。

神笔挥香墨，

诗词颂帝宸。

6.《琼州要津》①

其一：《虞美人·琼州》

　　琼州海甸云波暖，新埠丝光灿。白沙岛②上百花鲜，合浦船墙如织、涌清涟。西来货客匆匆见，商驿联州县。月光如洗更凭栏，点点繁星渔火、枕青天。

其二：《岭河吟》

　　　　　　琼河南渡万泉流，红岭飞花碧水悠。

　　　　　　五指山边帆影动，煌煌丝路照千秋。

7.《哥德堡号③》

　　　　　　黄埔荡波浪，

　　　　　　夷船夜泊洋。

　　　　　　生香茶胜赏，

　　　　　　瓷色雪花扬。

---

① 洪武元年（1368年），琼州升格为琼州府，成为丝绸之路的海上贡道。（参照张书裔."海上丝绸之路与琼州的开发"，《福建省钱币学会第二次会员代表大会、第五次东南亚历史货币暨海上丝绸之路货币研讨会专辑》1994年版）

② 据《读史方舆纪要》记载的：海口是南渡江下游入海口，白沙津便是如今新埠岛与南渡江相连的一带。明洪武十六年(1383年)，海南共设置河伯所11所，十三州县疍户，四个同名"攀丹"村，其中一个便是海口市南渡江入海处，"攀丹"便是"番疍"的讹写，攀和丹都是假借字。可见当时的海口攀丹村以渔业为主，而攀丹村附近的港口，"渔港"是其重要功能之一。（百度百科网站资料，网址：http://baike.baidu.com/link）

③ 哥德堡号（EastIndiamanGotheborg）是大航海时代瑞典著名远洋商船，曾三次远航中国广州。第一次是1739年1月至1740年6月，第二次是在1741年2月至1742年7月，最有名的是第三次，在1743年3月至1745年9月。1984年，瑞典一次民间考古活动发现了沉睡海底的"哥德堡Ⅰ号"残骸，以及大量陶瓷碎片和茶叶等货物。（百度百科网站资料，网址：http://baike.baidu.com/link）

二、"贡貂赏乌林"——清代丝绸之路

（一）清朝陆上丝绸之路

1. 西北丝绸之路[①]

平乱民心快，文昌赫九霄。

耕耘歌汉曲，游冶唱蕃调。

酒肆红绫舞，茶寮彩女娇。

回疆吟好赋，丝韵惠云飘。

2.《减字木兰花·茶马互市》

茶香飘远，普洱报君春水伴。古道川滇，客子云中品"蒙山"[②]。雪原冰瀚，跨马扬鞭峰路转。行走苍峦，互市繁忙玉顶[③]喧。

3.《竹枝词·塞上江南[④]》

河西茶圃塞南州，万树葱茏碧水流。

膏土丰饶酬美酒，雪松苍莽俏枝头。

4.《虞美人·咏痕都斯坦玉》

轻盈仙子"西藩"苑[⑤]，玉蕊莹光灿。染牙淑卉载舟荷，四出菊花芳惠荡清波。胡姬妩媚楼兰邑，"宝月"[⑥]怡弘历。锦堂罗雀万千愁，碧水

[①] 清朝自康、乾、雍朝平定准噶尔、大小和卓木、噶尔丹叛乱后，统一了西域和天山南北，使西北陆上丝绸之路再度重光，并进一步加强了中原地区与西北边疆各民族以及中亚、俄国等地区的经济、文化交流。（百度百科网站资料，网址：http://baike.baidu.com/link）

[②] 蒙顶茶是中国传统绿茶，产于四川省雅安市名山区蒙顶山。（刘兴诗.《一带一路青少年普及读本》，长江少年儿童出版社，2017年9月版）

[③] 玉顶指雪山。

[④] 指西北丝绸之路河西走廊的塞上江南兰州高台县。

[⑤] 西藩作指"西番作"，痕都斯坦玉是乾隆时期极为流行的一种玉器风格，以其鲜明民族风格和地域特征备受乾隆喜爱，风靡宫廷，后来还波及到了民间。痕都斯坦为Hindnstan的译音，史称位于印度北部，包括克什米尔及西巴基斯坦。中国成书于清乾隆二十七年（1762年）的《钦定皇舆西域图志》载："痕都斯坦，在拔达克山（巴达克山）西南，爱乌罕东。"（百度百科网站资料，网址：http://baike.baidu.com/link）

[⑥] 指乾隆为香妃修建的宝月楼。

断虹台榭自风流。

5.《丝绸之路的活化石——布哈拉[①]》

乌城[②]古道遗霜雪，新月如弓客驿喧。

茶马罗绡朝暮往，牙筹飞转马蹄翻。

（二）清朝海上丝绸之路

1.《中国的"马可波罗"——谢清高[③]》

少小离家四海游，

经年苦砺意难休。

精通诸国蕃夷略，

《海录》[④]千秋永世留。

[①] 布哈拉（Bukhara），是乌兹别克斯坦城市，位于泽拉夫尚河三角洲畔，沙赫库德运河穿城而过，有2500多年历史，人口约25万，中亚最古老城市之一。9至10世纪时为萨曼王朝首都，1220年为成吉思汗所侵占，1370年被突厥人帖木尔征服。拥有2500多年历史的布哈拉是古丝绸之路上的一颗明珠，其古城早在1993年就被联合国教科文组织列入世界文化遗产。（参照搜狐网站资料，网址：http://www.sohu.com/a/）

[②] 乌城指布哈拉城。清朝延续了唐朝和游牧汗国的贸易流通，也继承了宋朝和明朝时期绢马贸易和茶马贸易的模式。从宽泛的角度来讲，18世纪的绢马贸易与8世纪丝绸之路贸易没有什么区别。与此同时，清代的汉族和回族商人用同样的方式将大宗茶叶、大黄和丝绸贩运到新疆，再准备销往中亚地区。而往往是由中亚商人（布拉拉人、安集延人或者浩罕人）将这些货物从喀什噶尔、莎车、和田以及新疆其他城市的市场带到印度和俄国。（参照米华健著，贾建飞译：《嘉峪关外：1759—1864年新疆的经济、民族和清帝国》，2017年版）

[③] 谢清高（1765—1821年），广东嘉应州（今梅州市）程乡（今梅县区）金盘堡人。因为他在中国航海史上的杰出贡献，谢清高被后来人誉为"中国的马可·波罗"；他的《海录》也被人们与马可·波罗的《马可波罗行纪》相提并论。1821年，谢清高因病在家乡逝世，享年66岁。（参照搜狐网站资料，网址：http://www.sohu.com/a/）

[④] 《海录》为谢清高在失明之后，由他人代笔，本人口述，对其旅行见闻的记录。是中国第一本介绍世界地理、历史及风土人情的著作，全书约25000字，记述了世界上90余个国家和地区的情况。（百度百科网站资料，网址：http://baike.baidu.com/link）

古代卷　"呦呦鹿鸣"
第八章　"璀璨晶光射云汉"——明清优昙

2.《兰芳共和国[①]》

康乾盛世赞兰芳，

共济同舟抗暴强。

报国精忠驱鬼魅，

侨邦百代美名扬。

3.《醉太平·虎门销烟》

长幡竞飏。云天碧苍。虎门销尽烟狂。斥强夷虎狼。

威名四方。忠心卫疆。中华斗志昂扬。浩宇腾巨浪。

4.《番禺港》

高帆大艑三千丈，

四海珍馐莫比先。

瑰宝如山流溢彩，

番禺盛况赛空前。

5.《十三行[②]》

日色苍茫映海潮，

西风万里送罗绡。

牙行水畔廊周曲，

炫彩山花玉瓦雕。

夷馆连绵浮舢板，

货埠仓廒锦丝韶。

[①] 兰芳大统制共和国（1776—1888 年），通常简称兰芳共和国，是 18 世纪 70 年代到 19 世纪 80 年代之间存在于南洋婆罗洲（现称加里曼丹岛）上的海外华人所创立的第一个共和国，从某种程度上可以算是亚洲历史上的第一个共和国。（参照搜狐网站资料，网址：http://www.sohu.com/a/）

[②] 广州十三行是清代专做对外贸易的牙行，是清政府指定专营对外贸易的垄断机构。在"一口通商"时期，"十三行"的发展达到了巅峰，成为"天子南库"，与亚洲、欧美主要国家都有直接的贸易关系。（百度百科网站资料，网址：http://baike.baidu.com/link）

129

"皇天南库"金珠满，

"一口通商"车马嚣。

6.《圣心教堂[①]》

飞甍玉宇圣心堂，

欧陆风情画栋梁。

溢彩穹隆亭阁上，

幻憧天国映青苍。

7.《琶州砥柱[②]》

琶州砥柱耸云空，

出水金鳌戴甲雄。

表望航船千万里，

云崖海阔渺征蓬。

[①] 石室圣心大教堂，位于广州市区中心一德路。圣心大教堂于1863年6月18日圣心瞻礼日正式举行奠基典礼，故命名圣心大教堂。历时25年始建成，是天主教广州教区最宏伟、最具有特色的一间大教堂。石室圣心大教堂由法国设计师设计，中国工匠建造而成。（广州市国家历史文化名城发展中心等.《论广州兴海上丝绸之路》，中山大学出版社，1993年8月版）石室圣心大教堂总面积为2754平方米，东西宽35米、南北长78.69米，由地面到塔尖高58.5米，石室圣心大教堂1861年耗资40万法郎建立，可与闻名世界的法国巴黎圣母院相媲美。

[②] 羊城八景之一。琶洲塔耸立在琶洲上，传说当年珠江中常有金鳌浮出，所以原称海鳌塔，故可能也有保佑学子高中的"独占鳌头"之意。琶洲塔在历史上也是广州海上丝绸之路的重要遗址。（广州市国家历史文化名城发展中心等.《论广州兴海上丝绸之路》，中山大学出版社，1993年8月版）

当代卷　丝路花语

　　引首：习近平总书记在党的十八大报告中指出："中国梦"，以及配套的"一带一路"建设，新时期最鲜明的特点是改革开放。……从沿海到沿江沿边，从东部到中西部，对外开放的大门毅然决然地打开了。2017年5月中旬，我国首次召开"一带一路"国际合作高峰论坛。"一带一路"建设从无到有、由点及面，在政策沟通、设施联通、贸易畅通、资金融通、民心相通等重点领域，务实合作不断推进。党的十九大之后，"一带一路"发展再上一个新台阶，它惠及沿线各国乃至世界，在使各国在政治、经济、文化、教育、旅游等各个领域互通有无、相互交流、相互促进，取得了一个又一个的伟大成就！全国各界、各族人民也都纷纷响应党的号召，积极开展相关推进工作，为"一带一路"的进一步发展做出了不可磨灭的贡献。

　　有鉴于此，本卷共分为五部分篇章，包括为政篇、经济篇、文化篇、山水篇、人物篇。

第一章　政通人和谱新篇——为政篇

一、《祝贺党的十八大胜利召开》

乾坤开泰傲冬梅，玉蕊三春次第开。神女当惊苍狗换，南翁须叹白衣来。"天宫"浩宇书沧海，壮志豪情上九垓。最喜"嫦娥"[①]舒广袖，中华圆梦赞英才。

二、《如梦令·党的十八大召开有感》

凝聚中华力量，同把辉煌开创。反腐蠹旗扬，实现人民理想。希望，希望，家国安宁兴旺。

三、《中吕·山坡羊——党的十八大召开赞》

关山川壑，原野丘漠，海江沃土天公作。望神州，震金铎。峥嵘千载勤开拓，华夏万方成果硕。人，也快乐，民，也快乐。

四、《临江仙·赞党的十八大召开》

经历风霜坎坷，欣欣华夏荣光。江山多彩韵飞扬。小康亲百姓，励志

[①] "天宫"和"嫦娥"喻指飞船。

启征航。鲲鸟凌云霄汉，雄鹰长空翱翔。青峰彤岭野花香。秋华撷玉桂，天地贺同昌。

五、《胡笳十八拍·聆听中共十九大报告有感》

神都摇曳秋实华，举国欢庆十九大。击中流兮宏图画，济沧海兮云帆挂[1]。不忘初心汗水洒，牢记使命征程踏。运筹帷幄治国家。排险阻兮浑不怕，意志坚兮山河拔。寰宇祥兮乐无涯。琴一拍兮会一笳，得民心兮得天下。

雄韬伟略谋发展，大道前行为黎元。政治民主克万难，反腐倡廉正衣冠。"三严三实"兜底线，法制严明求完善，科学管理网互联，精准扶贫力攻坚。两拍切切声婉转。

强国防兮筑壁垒，百战不殆兮保我边陲。推陈出新铸我军队，勇抗外敌壮我军威！反恐维和齐装备，肃然起敬三拍吹，凯歌奏响战鼓擂。

随意春芳[2]兮徜徉我乡土，江山秀丽兮景色如图。文明生态百姓福禄，清风皓月兮赏兰竹。戏蝶娇莺翩翩起舞，流连忘返兮"不思蜀"。四拍成兮花深处。

开阡陌兮扶助"三农"，仓廪实兮五谷皆丰。亩产提高业兴隆，勤耕作兮精选种，稻花飘香艳阳红，五拍泠泠兮情意浓。

斗志昂扬促繁荣，日新月异创驱动。京津冀进取共协同，供给侧改革建奇功。经济增长御"东风"，六拍响彻兮鸣九重[3]。

天堑便通兮铺设桥梁，歧路通衢兮辐辏四方。"铁龙"[4]驰骋兮原野

---

[1] 借用李白的《行路难·其一》中的："直挂云帆济沧海。"
[2] 选自王维《山居秋暝》中的："随意春芳歇，王孙自可留。"
[3] 九重指九重天。
[4] 铁龙比喻高铁。

旷望，河埠交错兮湖光荡漾。"天宫"①揽月兮胜昊苍，"蛟龙"②出海兮翻巨浪。"岛礁"③腾空越五洋，七拍圆润兮韵铿锵。

兼容并蓄兮看处处百花齐放，海纳百川兮观时时文教荣昌。俊彦荟萃兮术业有专长，"阳春白雪"④兮佳作浩浩汤汤。制兹八拍兮笙歌扬，彩角金茄兮绕琴堂。

"超鸿蒙兮百虑冥"⑤，"谨庠序兮教化生"⑥。立德树人谱写民族复兴，城乡一体推进教育公平。登高揽胜境，春风化雨"少年行"⑦。"呦呦鹿鸣兮食野苹"⑧，九拍激昂兮纵豪情！

核心价值澄观念，马列主义旗帜鲜。思想工作重实践，理论研究话新篇。爱党爱国爱家园，孝老忠亲积良善。优秀传统道德建，十拍"翙翙"⑨兮凌霄汉。

保障体系全覆盖，城乡统筹巧安排。公共服务搭平台，社会救助施关爱，鳏寡孤独享康泰，妇孺童叟尽开怀。慈善事业展未来，福音袅袅似天籁。"十有一拍兮昆山外，芙蓉凝露香兰黛"⑩。

"与民偕乐兮故能乐"⑪，体恤兆庶之苦兮通人和。就业战略结硕果，按劳分配守则。提高收入除困厄，勤劳致富忙收获。资源合理能把握，调整结构纠过错。十有二拍兮笑吟哦，欣逢盛世共讴歌。

风雨同舟兮君子之交，荣辱与共兮肝胆相照。统一战线堪为法宝，长

---

① "天宫"指天宫一号目标飞行器。
② "蛟龙"指蛟龙号载人潜水器。
③ 岛礁指南海岛礁机场的建设。
④ 此指春秋时期"乐圣"晋国的师旷所作的《阳春白雪》，指代当前的文艺成就。
⑤ 选自宋濂《晓行》："超然鸿蒙初，顿觉百虑冥。"
⑥ 选自《孟子·梁惠王上》："谨庠序之教，申之以孝悌之义。"
⑦ 此处引用王维的诗《少年行》比喻少年的风采。
⑧ 选自《诗经·小雅·鹿鸣》"呦呦鹿鸣，食野之苹"。比喻求贤若渴。
⑨ 翙翙选自《诗经·大雅》："凤凰于飞，翙翙其羽。"
⑩ 此处借用李贺《李凭箜篌引》中的"昆山玉碎凤凰叫，芙蓉泣露香兰笑。"形容乐声清脆婉转。
⑪ 选自《孟子·梁惠王上》："古之人与民偕乐，故能乐也。"

期合作不动摇。参政议政重担挑，协商民主见成效，相濡以沫持节操。高山巍峨兮水滔滔，"凤凰于飞兮百鸟朝"①。十有三拍兮清笳乐韶，哆哆而闻兮何其曼妙！

"行百里兮半九十"②，驾虹霓兮鹏展翅。大国外交审时度势，高峰论坛灼见真知。全球治理凝聚共识，命运休戚成城众志。十有四拍兮"亦集爰止"③，慷慨激昂兮方道挥斥。

十五拍兮千斛酒，玉壶冰心曲悠悠。民族团结齐奋斗，各美其美竞风流。南江百舸弄潮头，北地万家织锦绣。同胞兄弟亲骨肉，互通有无意相投。宗教信仰诚自由，歌舞升平颂神州！十六拍兮管益张。

"天戴有其苍"④。医疗卫生出重磅，食品安全须保障。中西并举救死扶伤，人口发展引导医养。健康产业是方向，社会办医要推广。蒸民无忧兮国鼎昌，人增寿兮"大道其光"⑤。

十七拍兮犹低吟，"青青子衿"兮"悠悠我心"⑥。两岸天涯若比邻，血浓于水一家亲。"九二共识"邀朋宾，统一大业志不泯。"一国两制"与时俱进，港澳自治互利互信。领土主权不容侵，民族大义豪气凛。

以指畴昔抒感言，祖国旧貌换新颜。社会主义终不变，决胜小康坚如磐。五千年文明深厚凝练，九百万土地沧海桑田。十八拍兮天地鉴，中华圆梦代代传！

六、《赞毛泽东》

南湖会议启华章，统帅三军斗志强。

---

① 此处借用《诗经·大雅》："凤凰于飞，翙翙其羽。"
② 选自刘向《战国策·秦策五·谓秦王》："诗云：'行百里者半于九十'。"习近平总书记在十九大报告中也用此典故。此指任重道远。
③ 选自《诗经·大雅》："凤凰于飞，翙翙其羽。亦集爰止。蔼蔼王多吉士，维君子使，媚于天子。"
④ 选自梁启超《少年中国说》中的"天戴其苍"。表示中国前途光明。
⑤ 选自梁启超《少年中国说》中的"其道大光"。
⑥ 选自《诗经·郑风·子衿》："青青子衿，悠悠我心。"表示思念亲人。

大渡寒桥平险阻，井冈赤帜聚忠良。

驱除日寇收骄土，铲灭豺狼扫蒋汪。

缔造共和功盖世，千秋伟业远名扬。

七、《卜算子·怀念毛主席》

辟地复开天，敢叫河山变。武略文韬四海扬，气势冲霄汉。历尽世沧桑，谱写辉煌卷。指点江澜壮志豪，万代流芳远！

八、《"民盟"赋》

——热烈祝贺中国民主同盟成立75周年暨北京市民盟组织成立70周年华诞"

袅袅羽商①，赫赫彩彻。"民盟"华诞，日贯长河。圆梦中华之盛世，奏响胜利之凯歌。参政议政，运筹"小康"之愿景；助力改革，挥就宏图之描摹。百业俱兴，黎元安乐。坚持走社会主义，笃践行中国特色。恪守与党长期共存，政通人和；推进"一带一路"倡议，建言献策。风雨同舟，相濡以沫；同心勠力，多方合作。高举蠹旗，积极履行职责；政治协商，加强自身建设。勤勤恳恳，"允迪厥德"②；兢兢业业，"维民之则"③。

回望过往，历尽沧桑。解危难创立政党，书纲领④抗日救亡。反对独裁统治，谋求和平主张。"李、闻"⑤大义凛然，"七君"正气昂扬。"五一"

---

① 羽商指五律，宫商角徵羽。
② 摘自《书·皋陶谟》，原文为"允迪厥德，谟明弼谐"，意为"要真正履行先德政，就会决策英明，团结一致。"
③ 摘自《诗·大雅·抑》："敬慎威仪，维民之则。"
④ "纲领"指1941年10月10日，在香港的民盟机关报《光明报》发表《中国民主政团同盟成立宣言》和《中国民主政团同盟对时局主张纲领》（简称"十大纲领"）。
⑤ "李、闻"指李公朴、闻一多。

口号，新章唱响；"二次"全会①，百花齐放。锐意进取，实现祖国富强；识时通变，引领"统战"兴邦。

"谨权量，审法度"②，优化制度创新，打造司法智库③。倡导科学，促进文教帮扶④；登崇俊良，举荐人才辈出。奔走国是，济世悬壶。"烛光行动"燃爱心，"黄色丝带"洒甘露⑤。关注生态，重视环境排污⑥；垂序弱势，俯仰老少妇孺。

兼容并蓄，海纳百川。供给侧凝聚共识，京津冀协同发展。深化整改，配置区域资源；传承历史，保护文化遗产⑦。吟长城，颂天坛。咏承德之山庄，勘紫禁之宫殿⑧。党派界别，云集人杰廉悍⑨；高朋胜友，畅达金玉良言⑩。敬皓首于"杏坛"⑪，闻少壮于"酉山"⑫。携薪火而以广播，聚精英而以致远。楚璧隋珍，珠联命世之才；景星麟凤，璧合昆山之贤。规划"十三·五"，复兴"两百年"⑬。

---

① 1956年2月，民盟召开第二次全国代表大会，提出"一切为了社会主义"的口号。为贯彻"长期共存，互相监督"的方针和"百花齐放，百家争鸣"的方针，民盟积极发挥作用，就知识分子问题和文化教育问题提出了一系列有远见的意见和建议。
② 摘自《论语·尧曰》："谨权量，审法度。"
③ 此指2015年11月27—29日在上海举行的第二届司法学论坛。
④ 此指民盟发挥优势，全面推动"黄丝带帮教"长效化、制度化活动。
⑤ 此指民盟中央的社会服务项目。
⑥ 此指民盟中央"发展我国生态草业的重要意义和建议"的活动。
⑦ 此指2016年2月14日至23日，由民盟北京市委与北京城市广播联合，北京城市广播的《城市文化范》栏目推出系列节目"倾听历史走进文化遗产"。系列节目文化底蕴深厚，集知识性和趣味性于一体，播出后受到大家的好评，唤醒了人们对于历史文化遗产保护的关注和思考。
⑧ 此指笔者有幸参加的民盟北京市委的故宫调研活动。
⑨ "人杰廉悍"摘自唐韩愈《柳子厚墓志铭》："俊杰廉悍，议论证据今古，出入经史百子，踔厉风发，率常屈其座人。"笔者略作改动。
⑩ 此指笔者有幸参加的由市政协主席吉林同志主持的北京市政协论坛和"党外人士大家谈"的活动。
⑪ 此指孔子讲学之所在。
⑫ 此指二酉山，即坐落在沅陵县城西北15公里处的二酉苗族乡乌宿村，因酉水和酉溪在此汇合而得名，山梁起伏，状如书页，所以又称万卷岩，是中华文化圣山，道家第26洞天，国家AAA级旅游景区。
⑬ 此指"十三五规划"与"两个一百年"目标。

"裳裳者华，其叶胥兮"①。佼佼者彰，其质馨兮。夫唯春风化雨，润育桃李②；至若秋阆弦歌，开宗明义③。金针树木度人，制鼎铸器。井冈黄杨，寻访革命圣地；缅怀先烈，铭刻丰功伟绩④。储备后续力量，完善顶层设计。理论研究，中流击楫；学术争鸣，切磋砥砺⑤。冀北空群⑥，十里芳草萋萋⑦；江东独步⑧，九经杞梓济济⑨。

与时俱进，信息互联。合理监管，维护知识产权；独具慧眼，研发微信终端⑩。朝悉天下之事，暮睹寰宇之变。"车轨同于八表，书文遍于四藩"⑪。钜儒宿学，娓娓倾谈；梅兰菊竹，朵朵争艳⑫。老有所为，耄耋不让弱冠；竿头直上，"凤雏"堪比"龙翰"。

众志成城，铁壁铜墙。"直挂云帆，长风破浪"⑬。"崧高维岳"⑭，博得蒸庶⑮景仰；誉望所归，彪炳史册流芳。肃然起敬，抚今追往。兴怀作赋，自成拙章：

---

① 摘自《诗经·小雅·瞻彼洛矣》，比喻花朵的光华，绿叶郁郁苍苍。
② 此指民盟对人才队伍的建设开展的教育培训活动。
③ 此指笔者有幸参加的民盟海淀区暑期读书班活动。
④ 此指笔者有幸参加的民盟海淀区组织的赴井冈山培训活动。
⑤ 此指笔者有幸参加民盟北京市和海淀区统战理论研究会活动时的所见所感。
⑥ 冀：河北的简称。伯乐一过冀北，冀北的良马就被挑选殆尽。比喻优秀的人才或珍贵的物品被接待一空。
⑦ 引自汉·刘向《说苑·谈丛》："十步之泽，必有香草。"比喻处处有人才。笔者为避免复字略作改动。
⑧ 江东：古指长江以南芜湖以下地区。泛指人才俊美，在一定范围内独占鳌头。
⑨ 杞梓：杞树和梓树，都是优质木材。荆南地方的杞树和梓树。比喻南方的优秀人才。
⑩ 此指民盟所开发的微信平台可以通过微信，获悉最新的相关新闻和动态。另外笔者曾经民盟海淀区委推荐而有幸参加了2015年10月由海淀区政协举办的微协商论坛，整个协商过程是以移动手机客户端的App协商完成的，效率之高令人由衷感佩。
⑪ 引自唐武周编修的《三教珠英》中的"车轨同八荒，书文混四方"的诗句，笔者略作改动。借指微信的海量信息，辐辏四方。
⑫ 此指民盟微信群的各路英雄豪杰以群聊的方式进行交流和沟通。
⑬ 引自李白《行路难·其一》"长风破浪会有时，直挂云帆济沧海"的诗句，笔者为用韵略作改动。
⑭ 摘自《诗经·崧高》的"崧高维岳，峻极于天"之诗句。
⑮ "蒸庶"指百姓。

民盟风骨浩苍穹，壮志凌云震碧空。
冒死捐躯除日寇，舍生取义报精忠。
协商民主传薪火，统战方针共始终。
华夏腾飞书锦绣，神州崛起赞英雄！

《井冈山感赋[①]》

蔚蓝的天空、清新的空气、苍翠的松柏、茂密的竹林、飞扬的瀑布、层峦叠嶂、雄奇峻险、巍峨耸立——这就是金秋时节风景如画的井冈山，她以淳朴、温暖而圣洁的怀抱迎接着我们。

2017年10月9日至12日，我们这些来自海淀区民盟各支部的盟员在盟区委领导和老师们的率领下，风尘仆仆、满怀激动之情地奔赴井冈山——这个中国革命的摇篮、第一个红色政权所在的根据地，开展了为期四天的井冈山革命传统和时政教育培训。在这里我们缅怀了先烈们的革命精神、领略了一代伟人的英雄气概、走访了前辈们曾经战斗过的地方、学习了井冈山根据地斗争的历史，目睹了博物馆里陈列的革命文物，观看了井冈山史诗和再现的战斗场面，深有感慨、深得参悟、深受教育！在这里，我们仿佛看到了血雨腥风的惨烈、聆听到枪林弹雨的激战、感受到硝烟弥漫的战火……无论是黄洋界的隆隆炮声，还是八角楼的点点灯光，无论是领袖毛泽东的文韬武略，还是老总朱德的伟岸胸襟，无论是巾帼英雄伍若兰的大义凛然，还是革命战士贺子珍的英勇机智，无不令人难以忘怀、肃然起敬、高山仰止！这些逝去的英灵为我们后人留下的不只是得来不易的大好河山与美好生活，更是永远值得我们学习的无坚不摧、百折不挠、秉持信念的井冈山精神，这种精神是时代的典范和中华民族的丰碑，她必将激励我们在今后的工作与生活中，将其化作

[①] 2017年8月，井冈山刚刚召开了"一带一路"发展高峰论坛，井冈山成为旅游文化发展的重要景区之一。

点滴的奉献与努力，为社会贡献我们的绵薄之力以告慰我们的先辈。为表达对革命先烈的崇敬之情，我谨在此赋拙诗一首以共勉，愿这些共和国的缔造者与捍卫者永垂不朽！

九、《满江红——井冈礼赞》

千里罗霄，峰峦秀，芳菲碧岸。

秋正艳、白云苍昊，水天无限。

银瀑飞流幽谷隐，烟霞携日枫花漫。

皓月夜、蟾桂溢香兰，莺啼啭。

姮娥舞，如梦幻。

难忘却，仍须看。

遂川黄洋界，战旗飘展。

宁冈三湾星火灿，龙江"八角"①灯光暖。

由衷叹、风雨井冈山，英魂赞！

十、《北航民盟赋》

"呦呦鹿鸣"②，赫赫九天。北航民盟，蜚声霄汉。聚群贤而树高帜，邀巨擘而扬征帆。筚路蓝缕，创经天纬地之业；披肝沥胆，谱震古烁今之新篇。殊勋茂绩，举世斐然。硕果领行业之首，成就享华夏之冠。凝结少长之智慧，腾蛟起凤；携手各方之力量，远瞩高瞻。四海人才，八方俊彦。南州之秀，北地之兰。陆海潘江③，国士云集大方④；楚璧隋珍，栋梁辐辏学苑。百里之才，虎踞龙盘；鸾翔之堂，景星璀璨。

---

① "八角"指八角楼。
② 引自《诗经》。
③ 指晋代的陆机和潘岳，都是博学的人才。
④ 指北京。

当代卷　丝路花语
第一章　政通人和谐新篇——为政篇

　　遥想当年，举步维艰。自是黄杨厄闰①，总有壁垒沟坎。苦于金尽裘弊，困于险阻万难。然能临危受命，勇挑航天重担。高风亮节，任劳任怨；精诚合作，意志如磐。同心同德，不辱历史使命；敢作敢为，堪称时代典范！

　　培英才，崇弘议。金针树木度人，杏坛制鼎铸器。春风化雨，润育人间桃李；尺璧寸阴，芳华下自成蹊。倡导科学，开宗明义。沈元老指点迷津，陆士嘉激扬文字。冀北空群②，十里芳草萋萋③；江东独步④，九经杞梓济济⑤。

　　钜儒宿学，铸就辉煌。书壮志于高天，绘蓝图于苍茫。辛勤耕耘，多少汗水流淌；老骥伏枥，几度寒来暑往。承星辰，昧晓光。探寻力学之理，考证流体之详。卓尔不群，学贯光纤通信；钟灵毓秀，术达法制民商。攻他山之玉璞，师中西之技长。发射探测火箭，制作"机器羚羊"⑥。无私奉献，倾力扶贫济弱⑦；心系耄耋，奔走老有所养⑧。涓滴归公，淡薄浮华名利。若梅竹而持节，似桂馥而芬芳。

　　嗟乎！白驹过隙，沧海桑田。岁月无痕，光阴荏苒。乘长风而破浪，"直挂云帆"；悟继往而开来，薪火相传。人道江河行地，寰宇经天。宣化成流，不移皓首之心；云程发轫，喜看后辈登攀。荣膺"万人计划"，囊括"长江学翰"⑨。应用电磁，鳌头独占；生物医学，克难攻关。别具慧眼，

---

① 指境遇困难。
② 冀：河北的简称。伯乐一过冀北，冀北的良马就被挑选殆尽。比喻优秀的人才或珍贵的物品被接待一空。
③ 引自汉·刘向《说苑·谈丛》："十步之泽，必有香草。"比喻处处有人才。笔者为避免复字略作改动。
④ 江东：古指长江以南芜湖以下地区。泛指人才俊美，在一定范围内独占鳌头。
⑤ 杞梓：杞树和梓树，都是优质木材。荆南地方的杞树和梓树。比喻南方的优秀人才。
⑥ 指张启先先生发明的羚羊机器人。
⑦ 指程先安先生将全部家产捐赠贫困生的光荣事迹。
⑧ 指李述梅老师关爱老人的感人事迹。
⑨ 指"长江学者"。

拟湍流之边界；绝圣弃智，拓离子之空间①。

嗟乎！"裳裳者华"②，佼佼者颖。河清海晏，唤来水阔舟行；同心协力，挥洒众志成城。且看航天科技，汇聚无数精英。服务"一带一路"③，践行精神文明。任重道远，开启征程；迎难而上，播撒真情。百尺竿头，图鸿业而奋发；赤胆忠心，报家国以中兴。

正所谓"大音希声"④，日月无私。金石为开，精诚所至。振聋发聩，彰显大国气概；名垂史册，浩荡民族壮志。不忘初心，格物致知。同襄科技，共赴国是。感怀作赋，慨然成词：

昊宇"飞天"⑤圆梦想，江山千里蔚苍茫。

英才发奋求精益，泰斗钻研考证详。

开拓创新堪命世，锲而不舍更图强。

凌云壮志冲霄汉，最是风流日月长！

十一、《燕赵公益赋》

泱泱中华，大河之北。苍原茫茫，群山巍巍。枕京津而处福地，倚蒙辽而呈祥瑞。承乾高德，声名播四海之内；隆兴开化，文明彰日月之辉。气象万千，云蒸霞蔚。冬风霜雪犹莲朵，夏柳芳草竞葳蕤。望紫塞千峰万壑，层峦叠翠；凌金岭逶迤盘桓，绵延烽燧。物宝天华，资源丰沛；飘香稻谷，清冽泉水。历史悠久，积厚流光溢美；人杰地灵，逢迎群英荟萃。民风淳朴，礼让谦卑；热情好客，宾至如归。

---

① 指科学家们的功绩。
② 引自《诗经》。
③ 2018年1月16日，北京航空航天大学举行'一带一路'：创新中国的世界担当高端论坛"，旨在中国经济深化改革与企业家社会使命的高角度，深刻诠释解析在新常态背景、'一带一路'的背景下2016年北航校友企业家们如何转型升级，如何切入经济新常态等重大课题的要义。
④ 引自《道德经》。
⑤ 指代航天。

当代卷　丝路花语
第一章　政通人和谱新篇——为政篇

回顾前朝，抚今追往。黄帝开华夏先河，嫘母制锦绣霓裳。"仰韶"①发祥中原，耕沃野之麻桑；"红山"②奔流"伊逊"③，琢美玉之琳琅。尧舜理政，首倡"禅让"；大禹治水，疏浚四方。先贤圣俊，宣民本以自强；皇天后土，濯恩泽以耀光。

行礼义，施仁善。夷齐让贤于孤竹，"延寿"教化于颍川。景茂俸禄，舍粥药而济贫；"士谦"开仓，赈余粮而扶难。王伽释囚，阳城拒贪。冯可道出资助民，崔仁师秉直公断。掘土取水，纪晓岚善识泉；架桥修路，张之洞巧筹款。

恭敬孝谨，美名传扬。崔彦昭不违母命，刘君良四世同堂。王尊惩恶，凛然正气浩荡；石建拜父，无限亲情至上。存忠义，有担当。张弘范体恤灾民，徐致初抗洪安邦。扫清积弊，刘庆凯筑堤防；破除迷信，李德裕驱道场。盖宽恪尽职守，魏征力谏君王。冯唐大器不老，窦仪为官有章。赵子龙一心为公，孙承恩满门衷肠。居安思危，谁人堪比李沆？清正廉洁，世间当推尹赏。赵襄子容豫让，杨继盛除奸相。

嗟乎！十步之内，必有芳草。刘昂聪慧，辞赋工雕。"质颖"惠政利民，坚守正道；"半山"励精图治，不辞辛劳。"百龄"整饬吏治，招安匪盗。祖源上疏，多观时局政要；"存瑞"捐躯，精忠爱国为报。"子章"拔断梅毒，"三丹"百治百效。鹤龄长者，祛除百姓病灶；"东瀛"友人，广植万亩水稻。

嗟乎！众人拾柴，薪火传承。积善成德，唤来水阔舟行；同心协力，铸就铁壁长城。贡献"一带一路"④，最美爱心真情。树立核心价值，践

---

① 指仰韶文化。
② 指红山文化。
③ 指伊逊河。
④ 2017年6月17日，河北义工蔚县志愿者"一带一路一帮"公益活动中，志愿者们带着对孤寡老人的牵挂，河北义工蔚县志愿者协会举办主题"一带一路一帮"公益活动。（参照河北志愿服务网站资料，网址：https://www.meipian.cn/m8rtk5g）

143

行精神文明。扶贫攻坚，开启征程；传播文化，不辱使命。尊老爱幼，汇聚"互联"精英；保护环境，催生公益中兴。

正可谓天地大爱，日月无私。金石为开，精诚所至。壮岁旌旗，引领八方之志；星火燎原，携手九州之士。不忘初心，格物致知。同襄志愿，共赴国是。感怀作赋，慨然成词：

瀚海桑田耀太行，江山千里蔚苍茫。
古今多少英雄事，赤胆忠心正气扬。
天下为公堪命世，乾坤社稷倚忠良。
凌云壮志冲霄汉，燕赵风流日月长！①

十二、《燕赵慈善赋》（仿战国时期楚国宋玉《神女赋》体）

余于燕赵之地，见城郭村野，阡陌成行。山河周庐，民风淳朴。慈善公益，屡创佳绩，遂感而成赋。

夫燕赵乃隆盛开化之处，历史悠久之属，文明沃野之土，慈善为乐之都。千年州治，万载风物。夏称鬼方，山戎土著，商为孤竹，周归东胡。秦开北征，燕国逐鹿。长城巍峨，雄关峻麓。二水分岭，滦河、伊图②。五郡掌管，边城北固。秦王扫六，击退匈奴。蛮夷左地，伏望冒顿③。汉武伟略，壮志宏图。王者大统，划乌桓而沿袭西土④之制；穷兵黩武，筑"金汤"⑤而防范南下之虏。汉使绶封，鲜卑领主。和亲不允，"大人"⑥镇戍。三国魏晋，割据龙虎。相兼吞并，慕容、秦苻⑦。方城、平洲⑧，则尽塞

---

① 文中所列中外人物为河北历史上的公益慈善家。
② 伊图指伊玛图河。
③ 冒顿指匈奴冒顿单于。
④ 西土指秦朝。
⑤ 金汤引自《汉书·蒯通传》："边城之地；必将婴城固守；皆为金城汤池。"
⑥ 大人指汉派遣大人镇守当时的隆化地区。
⑦ 慕容、秦苻指前燕的慕容氏和前秦的苻坚。
⑧ 方城、平洲指隆化所属范阳郡和幽州。

当代卷　丝路花语

第一章　政通人和谱新篇——为政篇

外玄冰霜雪，角弓韦韝遍毳幙①。南北朝，置益州，胡汉居，共为伍。隋唐盛兮龙凤矞，竟收蛮貊，降服奚族辖督府。辽、金、元，更王朝，易光景，换色服。赐安州，存兴化，变习俗，入上都②。明改五卫③，清设行宫。军阀混战，热河荼毒。倭寇傀儡，伪满公署。国共内战，蒋贼末路。全境解放，人民做主。

夫唯天地之俯仰兮，唤乾坤之巨变。观桑田之浮沉兮，挽沧海之狂澜。燕赵腾飞，气冲霄汉。"一带一路"，助力发展。开放创新，优势凸显。起步高端，绿色装点。农业建设，千亩良田。增收致富，扶贫攻坚。文化品牌，旅游休闲。商贸物流，渠道拓宽。"一核三带"④，共享资源。打造"四区"⑤，综合示范。古城新貌，风光无限。公益慈善，砥砺扬帆。五年硕果，累牍连篇。亲亲民之政务兮，明明德之宣⑥。普善泽而致知兮，格物以养廉。赠他人以玫瑰兮，留余香于心田。救蒸民于水火兮，扶百姓之危难。积一日之功德兮，筹众人之善款。释鳏寡之孤独兮，施仁义以助残。牵千家之情谊兮，送雪中之火炭。走童叟之陋室兮，急赢弱之负担。燃"琥珀"⑦之烛光兮，送学子以温暖。传慈善之文化兮，洒大爱与人间。承"存瑞"之遗志兮，载世代以相传。引墨海之慈航兮，挥方道之尽染。编《年鉴》以延续兮，矢渝志而不变。行义卖之举兮，恤贫贱于灾患。发社会之勤力兮，拾各方之支援。济公益之美名兮，襄群生之志愿。集乡县之所有兮，秉为民之信念。催教化之偃草兮，推礼乐出冥顽。

---

① 引自《文选·李陵〈答苏武书〉》："韦，皮也；韝，衣袖也……戎夷之服也。"角弓是鲜卑族的武器；毳幙指毡帐。
② 上都指隆化在元代为上都路兴州地。
③ 五卫指明代在兴州设立五卫地。
④ "一核三带"指隆化的区域发展战略。
⑤ "四区"指隆化四个产业园区。
⑥ 此用《大学》中的"大学之道，在明明德，在亲民，在止于至善"。
⑦ 此指隆化慈善总会"琥珀"公益行动。

145

于是山青青，水迢迢。风依依，云飘飘。笙歌起，丝竹①妙。春色满园，玉宇琼瑶。姹紫嫣红，万物彰昭。千岩竞秀，重峦比高。草长莺飞，花开四照。阡陌纵横，塞鸿凌霄。娉婷②顾盼，分外妖娆。冲龄③雀跃，慈母含笑。老有所养，皓首逍遥。乡风慕义，宣化成教。商贾辐辏，农人勤劳。金玉满堂，康庄大道。慈善之路，永世光耀！

十三、《抗疫赋》

庚子年春日岁旦，江城④始发疫疠。一时间魑魅魍魉，肆虐南北，国家被殃，民病途潦，死者百计，伤病蔓延，乃至家败人亡，不堪悲凉。坊间辍耕罢市，往来不畅，惧者纷纷逃逸，相识不敢相见，万家不能团圆。人人谈疫色变，唯恐避之不及，祸起萧墙。人常道"祸福无门，唯人所召"，"难得之货，令人行妨"⑤。诚可恨亦有恶官酷吏，欺上瞒下，堵塞言路，枉害无辜，弄权股掌；诚可恶亦有无良奸商，囤积居奇，哄抬物价，趁机造假，草菅人命，乐祸爽忧；诚可斥亦有好事之徒，居心叵测，谣言惑众，扰乱民心，制造事端。然则"多行不义必自毙""人间正道是沧桑"！

先圣曰："为政以德，譬如北辰。"⑥今国难当头，党中央拨乱反正，力挽狂澜；习主席决策英明、当机立断；心系百姓，普惠黎元。断病源上下联动，探疫苗加强科研；建医院及时治疗，延假期复工复产；免药费体恤民生，爱稚子严守校园；互联网远程办公，促经济紧抓生产。不忘初心，牢记使命；齐心协力，排除万难；与民携手，风雨同舟；相濡以沫，共渡难关！

---

① 丝竹指音乐。
② 娉婷指少女。
③ 冲龄指儿童。
④ 指武汉的古称。
⑤ 选自《道德经》。
⑥ 选自《论语》。

当代卷　丝路花语
第一章　政通人和谐新篇——为政篇

古语言：医者仁心，悬壶济世。今人赞：高风亮节，白衣天使。危难时刻，昂扬斗志。奋勇当先，不问得失；救死扶伤，夜以继日。舍己为人，名利不置。为民捐躯，彪炳清史。肃然起敬，高山仰止。正所谓"万物并作而有灵，苍天无语却有知"！

有道是：人民军队爱人民，来之能战勇担当。且看中国军队，听指挥临危受命，子弟兵从天而降。解民疾苦送温暖，运达物资有保障。但使英雄将士在，不教毒魔掀狂浪！

范公[1]云："先天下之忧而忧，后天下之乐而乐。"多少中国志愿者，无私奉献念家国。赴一线、做宣传，到社区、访民情，伸援手、扶老弱。吃苦耐劳冲在前，投身公益是楷模。

诗曰："青山一道同云雨，明月何曾是两乡"[2]。东瀛[3]友邻，危难相帮。驰援赈灾，筹集善款。雪中送炭，义举共襄。鼓舞人心，抚慰民伤。"海内存知己，天涯若比邻"[4]。山川虽异域，日月犹同疆。唯愿来日当歌时，"欢笑情如旧"[5]，友谊万代长！

嗟乎！"天地无常、有生有灭"，此消彼长、芸芸众生。饕餮鬼蜮，终将铲除；阴霾害物，必能消遁。于是乎中华大地，否极泰来，柳暗花明又一村；拨云见日，病树前头万木春。山欢水笑意陶陶，国泰民安乐纷纷；琴歌不断，邻里相知又相问；酒赋能续，阖家团圆享天伦。祖国昌盛多荣耀，长留清气满乾坤！

---

[1] 选自宋代范仲淹《岳阳楼记》。
[2] 摘自唐代王昌龄《送柴侍御》。
[3] 指日本。
[4] 摘自唐代王勃《送杜少府之任蜀州》。
[5] 摘自唐代韦应物《淮上喜会梁州故人》。

十四、《八声甘州·纪念抗日战争胜利六十九周年》

看黄河九曲浪涛扬,桑田稻花黄。大江千帆过,秦淮柳岸,秀染渔乡。远眺连绵沃土,山野种高粱。那是我东北,谷穗飘香。

走兽倭夷日寇,劫掠烧杀抢,华夏弥殇。国土都沦丧,父老苦逃亡。好儿郎,驱除鞑虏,挽狂澜,威武灭枭狂。看今夕、中华傲立,正气名扬。

十五、《国耻日"保钓"》

倭儿犯我东南岛,甲午狼嚎四野萧。壮士鸣枪催战马,惊天动地灭人妖。中华儿女多英武,抗日烽烟烈火烧。百代沧桑今胜昔,保家保钓志凌霄。

十六、《如梦令·斥贪官》

豪饮杜康仙酒,醉卧娇娘红袖。满嘴正人词,男盗女娼依旧。知否?知否?天理难容污垢。

十七、《中吕·山坡羊——神州十亿迎春笑》

春光拥抱,祥云萦绕。神州欢悦康庄道。蠹旗飘,志凌霄。寒冬何惧梅花傲,除害倡廉都奏捷报。天,也是好。人,也是好。

十八、《正宫·叨叨令——笑郭美美》

红颜不解春华俏,青丝枉作光环耀。几番迷惘成牢铐,马勃败鼓[①]遭人笑。可恨哩也么哥,可叹哩也么哥,赌贪炫富钻邪道。

---

① 韩愈曾指出有"牛溲马勃,败鼓之皮"之流。牛溲,也就是牛尿,马勃是指一种腐生菌类。

第二章　经济发展奔小康——经济篇

一、《虞美人·经济走廊》

中华经济连欧亚，共把新桥架。贯通丝路启航程，印、缅、孟、巴牵手建"双赢"。同舟共济心同在，情系云天外。互联优势友朋来，荟萃各方智库聚英才。

二、《数字丝路》

我要把古老的丝绸之路，

用数字经济尽情描摹；

我要把优秀的传统文化，

写入发达的互联网络；

我要把振兴的中国科技，

展现在先进的微信、微博。

在缅甸的湄公河畔，

是她①开启了"新通道"的航船②；

在中亚的"光明之路"③，

是她扬起了合作交流的风帆；

在巴国的拉合尔城，

是她将友谊的桥梁一一串联④。

啊！"一带一路"，

你像鲲鹏的翅膀，

飞翔着千年梦想；

你像仙子的霓裳，

创造了人间天堂；

你像天使在歌唱，

谱写出华彩乐章！

三、《丝路之旅》

不再有"雄关漫道真如铁"，

不再有"一片孤城万仞山"；

不再有"大漠风尘日色昏"，

不再有"春风不度玉门关"。

今天的"丝路之旅"，

承载着古老悠久的中华文化；

---

① "她"指丝绸之路。
② 指中缅丝绸之路经济走廊新通道。
③ 指中国"丝绸之路经济带建设"同哈萨克斯坦'光明之路'新经济政策的对接。
④ 指中巴丝绸之路经济合作区。

今天的"丝路之旅"，

汇聚了"各美其美"的世界文明；

今天的"丝路之旅"，

结成了亲密无间的合作伙伴；

今天的"丝路之旅"，

托起了华夏腾飞的中国梦想。

四、《能源合作》

能源是大地母亲给我们的恩典；

能源是日月星辰给我们的馈赠；

能源是风伯雨师给我们的礼物；

能源是山川湖海对我们的眷顾。

拥有她，丝绸之路就会古今交融；

拥有她，友谊之桥就会彼此相通；

拥有她，生活之路就会越发宽广；

拥有她，人类命运就会共生共荣。

让我们爱护自然吧，

她是我们赖以生存的源泉；

让我们珍惜能源吧，

她是我们不可或缺的宝藏；

让我们结成伙伴吧，

铸就各国经济发展的愿景；

让我们携起手来吧，

为着灿烂辉煌的明天奋斗！

五、《蓝色经济[①]》

在蔚蓝辽阔的南海之滨，
你撑起了远航的风帆；
穿过风光旖旎的马来半岛，
和着美妙动听的印尼之歌，
伴着月色如洗的千岛之夜，
沿着蜿蜒曲折的亚平宁海岸。
用你那独有的光艳，
带给人们更加美好的明天。

六、《天仙子·绿洲经济卫士——胡杨树》

佼佼胡杨参浩瀚，不惧狂风身伟岸。纵然枯萎志如磐。抵沙患，御干旱。千里绿洲堪为赞！

[①] 指"一带一路"倡议下的海洋蓝色通道。

第三章　文化昌盛促繁荣——文化篇

一、《北京博物馆学会赋——恭贺北京博物馆学会成立三十周年》

梅香"三台"①，花开四照。"博学"②华诞，誉满天骄。享燕蓟文脉之彰昭，秉古都物宝之光耀。披荆斩棘，气概骋鲲鹏之遥；砥砺前行，精诚撼凌云之宵。阳春白雪，书琴素调。思江海而下百川③，念家国而持节操。鸿儒谈笑于高雍，鹤鸣九皋；俊贤往来于"兰亭"，心清契妙。撷芳致远，辉生寸草。殷勤探看，不辞辛劳。胸怀黎庶，通衢寻常之巷道；厚德载物，敦行弥笃之晦韬。著书立说，育李培桃；鞠躬尽瘁，可鉴苍昊！

抚今追昔，斐然成章。参循"马列"之哲论，开拓首善之言堂。俯仰教化传承，存续学苑典藏。探究八方术业，洽闻九州"珏璜"④。"一带一路"，凝聚四方。宣播政令，惠民成祥。畅源疏塞，胜览卷帙洋洋；攻坚克难，写就《年鉴》煌煌。

求和谐，促发展，审时穷其根本，度势择其前沿。"园博"论坛，同

---

① "三台"指汉代皇家典藏三地石渠、兰台和东观，借喻学会的博物馆属性和文化底蕴。
② 指北京博物馆学会。
③ "思江海而下百川"用《老子》第四十四章典："江河所以为百谷王者，以其善下之。"
④ "珏璜"指美玉，用以表达学会关注学术动态。

享信息互联;"河洛"研讨,欣看"文保"巨变。放眼世界,瞻高瞩远,"迎奥运"欢欣鼓舞,演讲赛喜讯频传。相约"首博",唱响华彩新篇;齐聚"红楼",描摹美好宏愿。

致力"非遗",永业鸿休。说不尽"南桃北柳"[①],话不完"端午"春秋。"清华"技艺,巧夺神工锦绣;文物鉴定,幽赏雅具俗流。咏丝竹,邀良友。闻《韶乐》[②]以忘归,观《咸池》[③]以解忧。功德无量,情牵蒸民童叟;殚精竭虑,舞动瀚海沉钩。漫叙秦砖汉瓦,浅吟文圣武侯。感悟已往之不谏,尤知来者之可求[④]。惟精惟一[⑤],考据存真去朽;嘉谟嘉猷[⑥],后生并进齐头。接力遗产薪火,不惧浪遏飞舟[⑦]。

弘扬科学,厚积薄发。与时俱进,争鸣百家。引数字化展陈,智能有法;重活态化藏品,晕染挥洒。关爱少长妇孺,悉心点化。形象生动,诠释古色典雅;深入浅出,解读佶屈聱牙。成蹊径而不语,赋丹青而不华。老骥伏枥,运筹花甲;人才辈出,璀璨奇葩。藏龙卧虎,群英难分高下;雕麟琢凤,栋梁灿若云霞。

---

① "南桃北柳"指中国版画史上,北方杨柳青年画与南方著名的苏州桃花坞年画并称为"南桃北柳"。
② 《韶乐》指源于五千多年前的上古舜帝之乐,是一种集诗、乐、舞于一体的汉族传统宫廷音乐与综合古典艺术。借指"非遗"的历史性、艺术性和"学会"对"非遗"进行传承和教育的贡献。
③ 《咸池》指传说中的上古尧乐,一说为黄帝之乐,尧增修沿用。《淮南子》曰:"日出扶桑,入于咸池。"借指"非遗"的历史性、艺术性和"学会"对"非遗"进行传承和教育的贡献。
④ "感悟已往之不谏,尤知来者之可求"取自陶潜的《归去来辞》中的"悟已往之不谏,知来者之可追。"笔者略作改动,指"学会"工作的承前启后作用。
⑤ "惟精惟一"取自《尚书·大禹谟》:"人心惟危,道心惟微,惟精惟一,允执厥中。"此指"学会"在工作方面用功精深专一。
⑥ "嘉谟嘉猷"取自《书·君陈》曰:"尔有嘉谟嘉猷,则入告尔后于内,尔乃顺之于外,曰:斯谟斯猷,惟我后之德。"另韩愈的《争臣论》中亦有论。此指"学会"善于决策和策划各种学术活动。
⑦ 本段写学会举办的保护"非遗"的活动。包括2011年6月11日,我国第六个"文化遗产日",由北京博物馆学会非物质文化遗产专业委员会和北京民俗博物馆共同主办的"博物馆与非物质文化遗产保护研讨会"和"天津杨柳青戴氏贡品年画展",以及"清华工美杯"博物馆纪念品展示等活动。

服务社会,搭建桥梁。通票在手,引领博苑徜徉;寓教于乐,成就百姓梦想。旧时王谢堂燕,飞入里弄街坊;殿上金科玉律,习得耳熟能详。青铜石刻,樽酒金觞;画院艺馆,乐府清商。净化心灵,荡涤尘俗膏肓;启迪智慧,品味玉液琼浆。

嗟夫!光阴荏苒,白驹过隙;星移斗转,逝者如斯。卅载岁月,洗尽铅华烁砾;万丈雄心,凝成金兰聚力。感怀作赋,唯因高山仰止。葵藿倾阳[①],景行行止[②];诚惶诚恐,不揣浅思。借笔抒怀,聊表敬意:

同舟共济树新科,天下为公正气歌。

博物情怀谁与共?千秋不朽壮山河!

二、《神都中轴赋》

泱泱华夏,巍巍神都。历史悠久,"中轴"天路。蕴乾坤而彰宏阔,凝日月而耀穹庐。蜚声世界,"长虹"[③]纳四海五湖;响彻寰瀛,"龙脉"誉万邦国度。八方向化,来王九土。为政绥皇级之猷,立国承"和合"[④]之属。辐辏雍熙之广运,纵贯南北;协颂鸿儒之智慧,昭垂平芜。左祖右社,泰阶文武;前朝后寝,祥敕圣箓。重城翠殿,考山水之行制;亭台楼阁,造云泽之玉宇。中朝正道,社稷有永;"金瓯"[⑤]载德,周疆禹服。

夫维紫宸[⑥],帝光纠缦[⑦]。仰至尊而蒙优渥,秉皇恩而聆涣汗[⑧]。高轩

---

① "葵藿倾阳"取自杜甫《自京赴奉先县咏怀五百字》:"葵藿倾太阳,物性固难夺。"葵指葵花,藿是豆类植物的叶子。两者都倾向太阳,比喻"学会"令人仰慕。
② "高山仰止……景行行止"取自《诗经·小雅·车辖》:"高山仰止,景行行止。"借指"学会"前辈的优秀品质和工作作风令人肃然起敬。
③ 长虹比喻中轴线。
④ 指和合思想。
⑤ 指江山社稷。
⑥ 此指紫禁城。
⑦ 纠缦。指为萦回缭绕的样子,选自《卿云歌》:"卿云烂兮,纠漫漫兮。"
⑧ 涣汗,指帝王的圣旨、号令。

应于崇阿，丽景呈于阆苑；鉴礼经之规矩，得圭表之方圆。"太和"①大典，霞敷银汉；乾清②听政，御门宵旰③。"堆秀"④登高，抒"茱萸"⑤之怅然；"畅音"⑥宣豫，穷胜境之壶天。

咏"太液"⑦，吟瑶屿，北海渺其秋波，琼岛媚其妖娆。阐福禅寺，西极梵音袅袅；静心雅斋，沁泉碧水淘淘。苍松翠柏，杨柳绿绦。云庭共清流谐趣，濠濮与画舫拾巧。轻舟斜渡，荡漾晴渌之滨；繁花漫舞，遐思层峦之遥。登临景山，峻岭多娇。辑芳菲而周赏，览祥瑞而观妙。鹤鹿同椿，陟彼野甸之兰草；百果争香，堪比寿皇⑧之物宝。倚丹丘⑨，放眼眺。绮楼耸于澄明，峰亭绽于云霄。极目远望，叹"天门"⑩之壮美；抚往追昔，赞英灵之志高⑪。更有正阳⑫巍峨，曾是国门要道。车马过而威仪仗⑬，城垣固而架吊桥。抵御外敌，垒砌雉堞马面；青砖海墁，修筑沟壑战壕。据高城而守关，策深池以锁钥。

嗟乎！"日月盈仄、辰宿列张"⑭。晨钟暮鼓，四时有常。击金声于虚危⑮，赫赫礼乐；闻玉振于参商⑯，翩翩冥想。何似八音迭奏，律吕调

---

① 此指太和殿。
② 指故宫乾清宫。
③ 此指君王勤政，天不亮就穿衣起床，天黑了还不休息。
④ 指堆秀山。
⑤ 此指重阳节。
⑥ 指故宫畅音阁。
⑦ 指北海太液池。
⑧ 指寿皇殿。
⑨ 引自《楚辞·远游》："仍羽人于丹丘兮，留不死之旧乡。"指传说中神仙的居所。
⑩ 此指天安门。
⑪ 此指明朝北京保卫战中的兵部尚书于谦。
⑫ 此指正阳门。
⑬ 指皇家仪仗。
⑭ 此处引自《千字文》。
⑮ 此指星宿名称。
⑯ 此指星宿名称。

阳①。漫步琼楼②,处处朱栏红墙;徜徉廊庑,款款画栋雕梁。造斗拱而铺作,引出挑而飞昂。鬼斧神工,天禄琳琅;别具匠心,精绝无双。《霓裳》③三弄,恍若飞燕流光;《箫韶》④九成,宛如来仪凤凰。

遥想当年,永定之战⑤。号角连营,壮士忠肝义胆;横刀跃马,良将⑥冲锋在前。救黎元于水火,保家国于忧患。谁言沧海桑田?也曾昙花一现。道是"万宁"⑦,不逊江南;丝竹悦耳,运河两岸。酒肆林立,商贾往来云集;漕运发达,茶香馥郁缤翻⑧。

嗟乎!今逢盛世,春光无限;城区改造,旧貌新颜。传承存续,秉持科学理念;合理布局,推动持续发展。顶层设计,轴线串联;"申遗"大业,克难攻坚。作此拙赋,慨然成言:

中轴神都一线穿,

凤翔龙蠢耀周天。

紫禁璀璨光寰宇,

钟鼓恢宏奏玉璇。

琼岛清波春荫掩,

景山峻岭瑞松绵。

乾坤朗朗千秋颂,

中华文明喜相传。

---

① 此处引自《千字文》。
② 此指钟鼓楼。
③ 此指《霓裳羽衣曲》。
④ 此指舜乐名,亦指美妙的仙乐。
⑤ 此指永定门之战。
⑥ 此指明代蓟辽督师袁崇焕。
⑦ 此指万宁桥。
⑧ 缤翻指盛貌。

三、《樊锦诗①先生传》(仿陶渊明《五柳先生传》体)

  锦诗先生乃古吴越之地、今杭州市人也。因四十余载默默奉献于敦煌莫高窟，故世誉为"敦煌之女儿"也。先生可谓才富五车，德艺双馨。饱读万卷诗书，品行高洁出俗。不慕荣利，心系家国。碧玉年华，奔赴大漠。历尽苦难，恪职守土。百折不挠，致力科研。保护文物，硕果斐然。指导治沙工程，开创数字敦煌。防治壁画病害，开展国际合作。讲述北大风华，写就不朽诗篇。

  先贤有言："天地为万物逆旅，光阴乃百代过客"②。

  蓦然回首，芸芸众生，红尘匆匆。多少过客，皆成尘土。然先生非是蓬蒿人，名留清史在人间！赞曰：

敦煌风雪漫，紫塞映霜天。

巾帼吟孤苦，丹心守志坚。

晨昏修壁画，夜晚探科研。

高洁堪垂范，韶华誉九天。

四、《梦麟先生③赋》

  梦麟先生乃山西定襄人也。此处为中原腹地，三晋绝冠。华北屋脊，塞外云关。枕太行八陉雄起，闻黄河九曲巨澜。千峰环抱，叠翠盘桓于层

---

① 樊锦诗，女，汉族，中共党员，浙江杭州人，1938年7月出生于北平。曾任敦煌研究院院长，现任敦煌研究院名誉院长、研究馆员，兰州大学兼职教授、敦煌学专业博士生导师。（百度百科网站资料，网址：http://baike.baidu.com/link）

② 参照李白《春夜宴桃李园序》。

③ 吴梦麟先生生于1937年，山西定襄人。著名古建筑专家、辽金元史专家、石刻专家、考古专家。北京石刻艺术博物馆研究员，1961年毕业于北京大学历史系考古专业，之后，一直在北京市文物系统从事文物考古保护与研究工作，对北京地区文物极为熟悉。四十年来发表过数十篇论文及专著。著有《古代石刻通论》、《北京文物精粹大系：石刻卷》（主编）、《北京地区基督教史迹研究》、《中国文物地图集》编委，虽年事已高、视力欠佳，但仍笔耕不辍、孜孜以求，主持国务院古籍整理十三五规划项目《房山云居寺题记整理与研究》《北京三山五园石刻文化》等。2021年正值中华考古百年之际，特撰赋以纪念。

峦；四水倾流，滩溪交错入海幻。平川如箕，柳林纵贯。尽览崇阿之阔叶，闲看丹顶之意染。骚人雅士常骋怀，游目临攀；文魁墨客亦畅叙，愉情赏玩。天禄琳琅，徙倚汗漫；底蕴凝厚，古韵幽然。五台仙刹，释迦梵音冉冉；云冈神工，禅定仙风淡淡。壶口飞瀑，春潮浩瀚；平遥故城，秋华绚烂；草长莺飞，沃野青山。历史悠久，华夏摇篮。伏羲女娲创世纪，唐尧虞舜临广寒。春秋晋文霸胜，秦汉卫霍驱蛮。魏晋关圣功烈，盛唐则天俯瞰。大宋鼎昌，司马稽撰；明清鸿休，"于山"卓见[①]。民国西学东渐，突破森严羁绊；秉持天下为先，引领风流仁贤。共享物产之饶美，同筑枢纽之天堑。五谷丰登，殷实仓廪粮满；六韬教化，迭出高士俊彦。

有如前辈，吾师梦麟。出身名门，堪与"谢女"讴吟[②]。才华横溢，学养经纬"子衿"[③]；冰雪聪颖，谈吐中和友亲。登胡堂，拓石金。小名利，化冰心。犹如柳絮高洁，不慕浮世尘荫。激扬文字，妙书珠玉牍信；绷中彪外，挥洒生花帛锦。访云居之石刻，考平则之匾印。携银山塔林朝露，挽长城壑岭枫林。饥餐渴饮，踏遍阡陌河滨；晓行夜宿，裹挟寒露冷衾。

德高望重、名利淡薄。平易近人，勤俭厌奢。饱读万卷诗书，不让学富五车。呕心沥血，心系家国。碧玉年华，奋战"文博"。历尽苦难，恪职尽责。百折不挠，刚直不阿。爱岗敬业，斐然硕果。

博古通今，满腹经纶。兢兢业业，务实求真。探"东坡"于杭州，分类别门；究"傅公"于南高，殚见洽闻。不让班昭修史，答疑解困；曾效欧阳掩卷，"二酉"寻琛[④]。精益求精，壮怀凌云乾坤。视文物为生命，赐后学以谆谆。胸襟坦荡，著述立论；古道热肠，语录甘醇。明察秋毫，见微而可探问；兰心蕙质，着手便能成春！

[①] "于山"指清代康熙太子太保于成龙，山西永宁人，号"于山"。
[②] "谢女"指东晋才女谢道韫。
[③] 选自《诗经·子衿》，指读书人的服装，比喻吴先生的学识渊博。
[④] "二酉"指湖南沅陵县二酉山，相传黄帝曾在此藏书，又名"万卷岩"。

致力学术，挥斥意气方遒。文物鉴定，幽赏雅具俗流。咏丝竹，邀良友。闻《韶乐》①以忘归，观《咸池》②以解忧。功德无量，情牵蒸民童叟；殚精竭虑，舞动瀚海沉钩。漫叙秦砖汉瓦，浅吟文圣武侯。感悟已往之不谏，尤知来者之可求③。惟精惟一④，考据存真去朽；嘉谟嘉猷⑤，后生并进齐头。接力薪火，不惧浪过飞舟。

李太白有言："天地为万物逆旅，光阴乃百代过客"⑥。

蓦然回首，芸芸众生，红尘嵯峨。白驹过隙，皆成泥浊。大千世界，难为娑婆。然先生非是蓬蒿人，余得会名师，高山仰止！心向往之，抒豫景行行止；神思念之，感喟垂序晚识！愿遐龄之永驻，颂海屋之添日！希阖府之顺遂，望福寿之绵持！杏坛生辉，驹隙缓驰；明经擢秀，光朝振志。长风破浪，渡沧海而扬帆；鹤鸣九皋，舞声名于清史！

辛哉！冯唐不老，李广嘉偿。兰亭犹在，曲水流觞。苍鹭覆羽，翱翔"中条雁嶂"⑦；渔舟唱晚，响彻"汾河桑干"⑧。腾蛟起凤，陆海潘江；卓尔不群，神都流芳。肃然起敬，弄斧成章：

　　风华绝代吴门女，博古通今锦绣藏。

　　妙笔飞花生异彩，金声惠璞入韶堂。

---

① 《韶乐》指源于五千多年前的上古舜帝之乐，是一种集诗、乐、舞于一体的汉族传统宫廷音乐与综合古典艺术。此指吴先生品性高雅。
② 《咸池》指传说中的上古尧乐，一说为黄帝之乐，尧增修沿用。《淮南子》曰："日出扶桑，入于咸池。"此指吴先生品性高雅。
③ "感悟已往之不谏，尤知来者之可求"取自陶潜的《归去来辞》中的"悟已往之不谏，知来者之可追。"笔者略作改动，指"学会"工作的承前启后作用。
④ "惟精惟一"取自《尚书·大禹谟》："人心惟危，道心惟微，惟精惟一，允执厥中。"此指吴先生术业精深专一。
⑤ "嘉谟嘉猷"取自《书·君陈》曰："尔有嘉谟嘉猷，则人告尔后于内，尔乃顺之于外，曰：斯谟斯猷，惟我后之德。"另韩愈的《争臣论》中亦有论。此指吴先生对年轻一代文博人的悉心指点。
⑥ 参照李白《春夜宴桃李园序》。
⑦ "中条雁关"指山西境内的中条山和雁门关。
⑧ "汾河桑干"指山西境内的汾河与桑干河。

千年帛卷培桃李，万古文华铸栋梁。

载物敦行儒雅量，江枫不老韵悠长！

吴梦麟先生编写《中国文物地图集山西卷》时于植物园留影
（图片来源：吴梦麟先生提供）

吴梦麟先生于20世纪70年代在定陵垛口考察
（图片来源：吴梦麟先生提供）

五、《等待——"和平方舟"①》

等待

是一朵含苞待放的兰卉

散发着沁人心脾的芬芳娇媚

伴随着乘风破浪的放飞

在海上丝绸之路上

闪烁着耀眼的光辉

等待

是一曲华彩乐章的韵味

飘荡着迷人旋律的唯美

荡漾着碧波潋滟的海水

在沧桑的苦难中悄然吐蕊

载着银光明月的琼舟

把我们的欢乐轻轻点缀……

等待

是一次文明相悦的交汇

饱含着千年不改的梦寐

---

① 1990年10月23日,"海上丝绸之路"考察船从马可·波罗的故乡意大利威尼斯起航,这支由来自30个国家的50位科学家、青年学者和新闻记者组成的海上远征队沿途访问希腊、土耳其、埃及、阿曼、巴基斯坦、印度、斯里兰卡、泰国、马来西亚、印度尼西亚、文莱、菲律宾、中国、韩国、日本等16个国家的21个港口及有关城市,而中国两站分别是广州和泉州。1991年2月14日,联合国教科文组织"海上丝绸之路"考察团乘坐"和平方舟"抵达后渚港,在泉州进行为期5天的综合考察活动正式拉开帷幕。 2017年,中国和平方舟医院船沿着"21世纪海上丝绸之路"航行近3万海里,历时155天,为沿途国家民众提供医疗服务。(参照百度百科网站资料,网址:https://news.artron.net/20150702/n755399)

在如许的风霜中细细品味

挽着柳岸春草的葳蕤

流淌过人类敞开的心扉

啊！丝绸之路啊！

你绽放着令人艳美的蓓蕾

啊！和平方舟啊！

你栽种了长青不老的苍翠

我们希冀已久的相逢

可是百世传奇的轮回？

愿那丝光的多彩炫丽

永远把你的身影伴随……

六、《丝路工匠论坛[①]》

京都赫赫春光灿，丝路悠悠千百年。

北韵禅音盈四宇，中华文化润心田！

七、《水调歌头·写在故宫志愿者十周年纪念日》

驹隙一挥间，往岁蔚华年。细陈皇苑宫阙，欣咏妙楹联。

紫禁高轩銮殿，尽数"珍馐玉宴"[②]，携远惠庭兰。素手绣河汉，风雨济芳川。

赏"颐和"，观"阅是"，赋"文渊"。品评"养性"，嗟叹瑶榭入

[①] 2018年12月15日，丝路工匠书画年展在中国政协文史馆开幕，京都北韵禅乐专门举办了论坛，京都北韵禅乐为北京市级非物质文化遗产。

[②] "珍馐玉宴"借喻珍宝文物，"颐和"指颐和轩，"阅是"指阅是楼，"文渊"指文渊阁，"养性"指养性殿。

云天。

多少王朝忧患，万古春秋繁卷，尽在话中言。不负中华梦，薪火贵相传。

八、《高阳台·春日故宫》

魑魅阴霾，京华笼雾，春来紫禁方晴。庑殿高轩，重檐错落"云亭"。宁寿宫阙仙松碧，"九龙"游，新宇天庭。仰"颐和"，日影金波，苍昊澄明。楼台雕玉香兰芷，素梅"环燕"舞，罗袖轻盈。商羽《咸池》，"畅音"悠诉箫笙。朱颜佳酿"芳斋"宴，赋诗文，谁与衷情？颂羲和，万里重光，鸿业昌兴[①]。

九、《采莲曲·朱琳[②]赞》

雍容华贵一文姝，声韵悠然举止殊。

纵使银霜镶白发，倾城玉面笑罗敷。

---

① "云亭"传说为炎帝和黄帝封禅所在；"九龙"指皇极门前的九龙壁；"颐和"指颐和轩；"畅音"指畅音阁，宫中大戏台；"芳斋"指漱芳斋。
② 北京人艺著名话剧皇后朱琳老师府邸有感。朱琳老师曾出演过多部话剧，如《雷雨》、《武则天》、《蔡文姬》、《丽人行》和《甲子园》等，笔者有幸拜谒朱老师的府邸，老人时年已九十高龄，但依然精神矍铄，思维清晰，气韵不凡。

第四章　河山壮丽书锦绣——山水篇

一、《酒泉子·黄河母亲》

万里黄河，翻卷骇天波浪。百周九曲入苍茫，诉沧桑。风云千载付尘光，岁月几番回荡。幸逢盛世志昂扬，庆辉煌。

二、《归自谣·张掖》

秋正艳，七色彩丘天际染。万山如画谁妆点？携来梦笔神女蘸。繁花掩，遥襟甫畅虚空澹。

三、《清平乐·忆长安》

西陲草树，皓月盈朱户。火雀门[①]前鸿雁渡，驷马郡城还舞。关山夜雨潇潇，曲江银汉滔滔。谁道素娥寥寞？玉阑万里迢迢。

四、《忆江南·苏州好三首》

苏州好，妩媚醉花间。拙政园林香竹榭，吴门侬语沁心田。舟舫映清莲。

---

① 指朱雀门。

苏州好，千古聚名贤。亶父阖闾犹舞剑，沈周丹墨绘青峦。高士美名传。

苏州好，佳丽最多情。柳岸繁花春水映，枫桥边上踏歌行。才子伴娉婷。

五、《水调歌头·永济[①]赞》

永济扼津浦，沟壑纵清川。汉唐风韵犹在，芳华耀琼山。古刹禅音袅袅，玉宇春台水榭，明月照"梨园"[②]。耆老书河洛，龙柱妙苍寰。行百谷，万峰耸，瀑飞泉。浊河九曲，澎湃千里入胸间。吟咏佳人才子，挥洒丹青翰墨，辞赋壮文澜。盛世歌华夏，更上昊云天！

六、《观鹳雀楼夕阳有感》

长河落日兰舟行，一抹斜阳暮色中。
素手捻来云作羽，罗衣拂去雾朦胧。
金桥魅影烟霞暖，碧水涟漪岸柳红。
鹳雀朱楹千古韵，神州紫气度春风。

七、《临江仙·"小寨"[③]端午风情》

晴野芳川杨柳，香堤湖畔榴花。一溪清水到农家。丽阳吟雅韵，贤俊咏风华。

蒲草琼英细语，金波"环舞"[④]云纱。兰亭禊赏日西斜。人生悲苦短，酌酒醉天涯。

[①] 蒲州（今山西永济）是唐代河中府所在地，位处长安、洛阳两京之间，皇帝、官员、文人、商人都往返其间，其地十分繁华。在黄河边矗立着大铁牛与铁人，其中一铁人似胡人着侧翻领服装。唐代蒲州有"酒家胡"，山西籍唐代大诗人王绩诗云："有客须教饮，无钱可别沽；来时长道贯，惭愧酒家胡。"说明胡人酒在当时很有名。（参照360个人图书馆网站资料，网址：http://www.360doc.com/content/）

[②] 指拜月梨园。

[③] 指西安小寨农家乐。

[④] 环舞指杨玉环。

八、《中吕·山波羊——念榕城①》

榕城春暖。琼台花灿。渔舟唱晚斜阳漫。泛金潮，渺云烟。晴空远岫连银汉。袅袅婷婷仙子挽，山，望不断！情，剪不断！

九、《金陵记②》

秦淮忆金陵，秀泽水天长。雪霁叠岚翠，云翔秋送爽。
春浦融新柳，轻烟倚泉香。玉漏浮星槎，画角栋雕梁。
古刹入梵境，磬钟引慈航。枭雄酬舟舰，虎踞龙嚣张。
松荫隐荒陌，犹识甲胄强。渔火远山望，掩映瑞轮光。
仙顶桓宝气，恍若彩霞妆。东君浴朝露，缥缈耀穹苍。
风雅颂骚人，才情妙笔扬。箫笛邀颖客，满腹经纶藏。
豪情山河壮，飞将扫敌狂。英雄常弹泪，红颜赋兰芳。
丽人吟江亭，阊阖夜未央。花容想云霓，金樽醉玉觞。
借我竹窗月，悠然入梦乡。千般笙歌怨，妩媚笑周郎。
瑶宫出神女，天衢唤君王。锦瑟琴相伴，含涕咏鸾凰。
罗裙愉杜若③，人在水一方。溯洄乘碧荇，葳蕤沐尘光。
白驹总惜时，百代成过往。明月照江上，空留水茫茫。
千载共婵娟，聊写诗一行。岁月如沧海，失今却断肠。

十、《南京大报恩寺》

江南细雨枫花灿，灵刹天方妙法庄。

宝塔穿云参圣殿，佛光普照感君王。

---

① 指福州，海上丝绸之路城市。
② 在我国历史上海上交流频繁的六朝和明初时期，南京作为都城，是以国家力量组织、实施与国外进行海上物质文化交流的核心地，是中国古代海上丝绸之路官方贸易的重要中心城市。
③ 指香草。

观音净土慈航远，"五谷、"婆罗"①海曲香。

廊宇雕梁今不再，风流万古是沧桑。

十一、《安徽行记》

其一：《一剪梅·安徽②行记》

淮天庐州明月楼，诗意悠悠。别舍帘幽。"桐城"学派誉文侯。佳酿珍馐，天禄云游。酣醉金樽夜宴筹。韶女多愁，才子贤酬。繁星似锦伴银舟。挥斥方遒，万古风流。

其二：《亳州杂感》

成汤李老③饮歌台，武圣华佗誉九垓。

逝水东流风骨在，亳州无处不英才。

其三：《黄钟·人月圆——亳州花戏楼》

玉梁画栋心神往，花榭映春阳。飘然"出挑"，交盘"斗拱"④，古韵悠长。（幺）透雕工艺，木镶砖嵌，满目琳琅。轻歌曼舞，千年华彩，醉了清商。

---

① 明永乐六年（1408年）毁于火，永乐十年（1412年）明成祖朱棣敕工部于原址重建，明成祖以纪念明太祖和马皇后为名，命工部于此重建大报恩寺及九层琉璃宝塔，按照宫阙规制，征集天下夫役工匠十万余人，费用计钱粮银二百五十万两、金钱百万，历时十九年始完工。"依大内图武，造九级五色琉璃塔，曰第一塔，寺曰大报恩寺。"大报恩寺的修造，由郑和等人担任监工官。大报恩寺在永乐、宣德年间建造，正值郑和率领下西洋船队多次远洋海外之时，因而，郑和对这项工程难以全力照顾，工程进展缓慢，弊端展现。为此，1428年（宣德三年），明宣宗朱瞻基特下御敕，要此时已出洋回国任南京守备的郑和"即将未完处，用心提督"，限期完工。竣工以后，郑和还特将其从海外带回的"五谷树""婆罗树"等奇花异木种植在寺内。（百度百科网站资料，网址：http://baike.baidu.com/link）

② 早在西汉，古"丝绸之路"上，合肥就起着至关重要的作用。"郢之后徙寿春，亦一都会也。而合肥受南北潮，皮革、鲍、木输会也。"合肥，曾在司马迁《史记》中，以"一输会"名城首次亮相；约一个半世纪之后，在东汉史学家班固的《汉书·地理志》中，又以"一都会"形象再度亮相。它曾是巢肥运河航线重要港口，因漕运和南北物资集散地而闻名，西安与世界各国贸易的货物来源、货物运转等与合肥有着密切的关系。（参照搜狐网站资料，文艺合肥，网址：http://www.sohu.com/a/）

③ 指商汤和老子。

④ "出挑""斗拱"为古建术语。

168

其四：《黄钟·人月圆——咏华佗》

"五禽"[①]神功声名远，益寿又延年。灵猿飞鹤，相生相克，固本生元。（么）屠苏[②]美酒，岁华玉液，避患泉源。云长刮骨，回春妙手，古今流传。

其五：《黄钟·人月圆——药都赞》

芍园香溢芳春剪，万亩菊花鲜。神医故里，演今风古，飘逸高天。（么）商家林立，药材丰富，品质优先。中华传统，悬壶济世，四海名传[③]。

十二、《洞仙歌·"新马"行[④]》

椰林碧海，昊宇飞鸥鸟。水殿繁花玉颜笑。倚穹窿、神曲天籁徜徉，云缥缈，星月怡然静好。蕙兰迎远客，顾盼流连，蝶舞霓裳满枝俏。素面也妖娆，且看胡姬，掩风致、婷婷袅袅。夜低语，金波却无眠，去岁复流年，梦知多少。

十三、《定州缂丝[⑤]》

滹沱百转东流水，
幽燕缂丝经纬连。
一寸绫罗金不换，
人文瑰宝耀千年。

---

① 指五禽戏。
② 指华佗研制的屠苏酒，据说可以避寒驱邪。
③ 亳州药都借助"一带一路"走向全球。
④ "新马"指新加坡和马来西亚；"穹窿"和"星月"指马来西亚清真寺的伊斯兰教建筑风格；"神曲"指伊斯兰教的《古兰经》在吉隆坡的天空回响；"胡姬"为兰花，新加坡的国花；"罗敷"指穆斯林女子虽然发肤尽掩，却更是风姿绰约。
⑤ 河北素以"饶有丝帛"著称，滹沱河畔，是中国蚕桑丝织发祥地之一；从西汉到北宋，丝绸之路上最精美的绫罗绸缎产于河北；11世纪世界上最富庶的东方大国供给世界最精绝的丝纺织品叫定州缂丝。（参照"'一带一路'官网"网站资料，网址：http://www.scio.gov.cn/ztk/wh/slxy/31210/Document/）

十四、《夷舆城遗址》

夷舆古道风烟起，
沧水①奔流老树栖。
谁叹明霞杨柳处？
至今犹唱赏花堤②。

十五、《西宁行》

其一：《金缕曲·西宁行》

阅尽天涯路，望西川、塞鸿飞去，凤鸾啼住。湟水奔流春潮涌，山野徘徊云雾。但只见、五峰峡③处，耸翠青冥擎玉柱，倚苍穹、浩渺犹江渚。似梦幻、龙翔舞。

烟霞隐隐炊烟户，任天边、一弯新月，朦胧如许。羌笛悠悠箫声远，怅惘弦歌歇驻。恨多少惆丝怨缕？正恰似莺歌燕舞，又像那霓彩漫天宇。叹岁月，谁人主？

其二：《塔尔寺寄景》

云中妙境临仙谷，百岭层峦倚翠峰。碧水长川镶锦绣，菩提神殿掩青松。莲花山寺灵光照，塔刹凌霄示梵宗。野径春花无限好，祥云万里渺无踪。

---

① 北魏郦道元《水经注·瀔水》："清夷水西南流，谷水（旧县团山流来的水，今名溪河）与浮图沟水注之，水出夷舆故城西南，王莽以为朔调亭也。其水俱西南流，注于沧水（清夷水）。"
② 据说辽代萧太后曾住过此城，因此也叫"萧太后城"。古城西不远有上花园村、下花园村，据说是其赏花处。（百度百科网站资料，网址：http://baike.baidu.com/link）
③ 指西宁八景之一的五峰飞瀑。

十七、《虞美人·白径①》

晴川郊野黄花舞,潋滟春河渡。太行山麓竞重峦,和煦细阳归雁,际天旋。

云舟邈邈繁星灿,明月飞河汉。晋商丝路几多艰,却道古川千载、似当年。

十八、《曲江遗址②公园春趣》

春风抚柳蔚晴空,

百木酥扬绿映红。

漫步韶园香四溢,

轻藏草径捉泥虫。

郁金高雅缤纷舞,

桃牡含羞粉黛浓。

波影涟漪鱼戏水,

娉婷秀色笑丛中。

十九、《南吕·一枝花——扬州游》(北套曲)

你夸彼岸花,我唱江南地。维扬③风景秀,云浦吟芳诗。碧水春池。园囿亭台榭,长河④柳岸枝。忆隋炀,铁马金戈,赞千古君王故里。

---

① 白径古道是太行山八大径之一,是一条军事要道,也是一条商贾通道,古时凡潞泽两郡,自西北"至辉之薄壁,或通获嘉,修武,或达淇卫,汴梁,或历彰德而通山左",成为在中国社会经济发展史上占重要地位的晋商通货东西,交流南北的重要商道,成为太行山中的"丝绸之路"。(百度百科网站资料,网址:http://baike.baidu.com/link)
② 指西安曲江遗址公园。
③ 指扬州的古称。
④ 指京杭大运河。

二十、《春光好·金山岭长城游》

千峰雪，艳阳天，玉冰川。北陌塞飞鸿雁，晚星寒。切盼柳河春绿，"金山"①草长莺环。何似明妃②罗袖舞，共婵娟！

二十一、《雪域明珠》

你是雪域高原的一颗璀璨的明珠，

闪耀着绚丽缤纷的耀眼光芒；

你是世界屋脊的一朵美丽的格桑，

散发着如梦如幻的诱人芬芳；

你在广袤的天幕，绣上朵朵莲云霓裳，

你在苍茫的大地，装点座座青峰峦障。

你把珠穆朗玛披上天国的霞光；

你把雅鲁藏布凝成仙境的回响。

那多情浪漫的念青唐古拉山啊，

留恋着多少百转千回的寸断柔肠；

那神秘莫测的布达拉宫啊，

诉说着多少古老动人的岁月过往。

我看见，那巍峨耸立的喜马拉雅山上，

矫健的雄鹰在展翅翱翔；

我听见，那遥不可及的古格王朝里，

美妙的锅庄在尽情歌唱。

我怎能不把你怀想，我的西藏

---

① "金山"指金山岭长城，这里曾经是古老的东北亚丝绸之路古北道的重要节点，忽必烈、欧阳修、王安石、苏辙等无数的帝王将相和文人墨客曾经在这里经过。古老而璀璨的文化随着东北亚丝绸之路的延伸在这里传承。

② 明妃指王昭君。

——你是我心灵的故乡！

我怎能不把你颂扬，我的西藏

——你是我梦中的天堂！

二十二、《敦煌赋》

戈壁滩，黄沙漫。白云渺，玉门关。祁连间，出敦煌。绵延六百余里，浩瀚无垠，气势恢宏，嶙峋蛇曲，大漠孤烟。河西走廊胡塞天，苍茫无限。曾是春秋故地，蛮貊杂处，生息繁衍。三苗厥土，羌戎游牧，乌孙争胜，月氏强取，匈奴垂涎，铁马控弦。据两河①，占沙洲。依昆仑之巍峨，仰天山之奇险。汉武策勋，张侯西域通关。历尽艰辛，凿空丝路天堑。张骏盘踞，夺取河南。李暠称霸，虎视眈眈②。佛教昌盛，一路东传。南朝贵胄，远徙充边。唐宋向化，盛世贞观。玄奘求法，归义③彪悍。白衣天子，自立"金山"④。党项崛起，崇佛排汉。蒙元征西，繁荣发展。明设卫所，防治边患。清治农业，沧海绿洲，灌溉农田。

美哉莫高！东峙三危之巅，峰岩突兀，襟济河汉，虚空缥缈。羲和昭彰，神窟凌霄。九层琼楼，千佛环绕。造像林立，金光闪耀。枕物宝天华，享"珍馐佳肴"⑤。藻井舆盖，上灵垂眷。彩塑壁画，琳琅曼妙。洞殿斑斓，瞻彼隅奥。秉翰墨之蕴藉，吟丹青之芬芳。藏经楼卷帙浩繁。释祖法相庄严，观音悲天悯人。金刚肋士，威武羁傲；飞天玉女，分外妖娆。刺绣绢帛，百鸟啁哳，含桃珠玑，花簇锦囊，做工精巧。观者无不流连忘返，啧啧赞叹，梦萦牵绕。真可谓越溪女犹现幻影，吴宫妃不掩千娇⑥。美轮美奂，

---

① 指锡尔河、阿姆河。
② 指西凉政权。
③ 指归义军。
④ 指天祐二年，张承奉自立为白衣天子，建号西汉金山国。
⑤ 比喻莫高窟的瑰宝。
⑥ 指代西施。

173

醉意陶陶！

美哉月泉[①]！地处鸣沙山麓，泉如新月一弯。塞外风光绝美，清溪亘古甘甜，"山以灵而故鸣，水以神而益秀"。流沙环苹芜，蒹葭生南岸。"风播楼柳空千里，月照流沙别一天。"遥想当年，"汉渥洼池"，"四面风沙飞野马"；唐代船坞，一潭神龙幻游仙[②]。古刹神庙，香火不断；亭台楼阁，廊宇辉煌；庭柱宫阙，水榭微澜。林木蓊郁，山花烂漫；骚人墨客，吟竹咏兰。势接乾坤，别有洞天！

伟哉敦煌！淳化渐进，位膺洪疆。"一带一路"，乾坤朗朗。政阈清明，气节高亮。厚德载物，敦行至祥。脱贫致富，业乐民康。

伟哉敦煌！经济腾飞，鼓瑟铿锵。五谷丰登，"龙头"称强。镜庭麦浪，衡雁来翔。乐乎哉！览城乡之广袤兮，稚童欢跳；察间里之民生兮，妇孺霓裳。闻清歌而起舞兮，老有所乐；驾云梯而登途兮，民气方刚。

伟哉敦煌！黼国黻家，教化熏良。人文荟萃，百卉其芳。风行草偃，奎斗文昌。经楼映月，书院朝阳。逸闻史话，浩海汪洋。守护遗产，百世流芳。

伟哉敦煌！商贾云集，旅途通畅。徼域兴隆，阜颖琳琅。高楼幢幢，嘉树行行。莺歌燕舞，陌陇莽苍。平畴列列，沃野茫茫。敦煌八景，享誉四方。苍龙出海，长衢频往。鳞次栉比，里坊阆阆。各美其美，美美流长。嗟夫！集古往之风雅兮，群贤毕至；展今人之雄风兮，浩浩汤汤。聚八凯而携手兮，尽显风采；齐登高而纵目兮，再创辉煌！

[①] 指月牙泉。
[②] 史载，汉元鼎四年（前113年），汉武帝得天马于渥洼池中，后人疑月牙泉即汉渥洼池，遂立一石碑曰"汉渥洼池"。"四面风沙飞野马，一潭之影幻游龙。"（参照百度百科网站资料，网址：https://baike.baidu.com/item/月牙泉）

第五章　朝花夕拾春光好——杂咏篇

一、《武则天[①]》

明空武后运筹谋，

鸣凤天朝统九州。

收复安西开沃土，

千年女帝最风流。

二、《叹杨贵妃与唐玄宗》

其一：《齐天乐·杨妃恋[②]》

彩云天际芙蓉面，霓裳羽衣春殿。素女流连，蟾宫菡萏，明月飞光如幻。花香蝶恋。觅芳草青兰，莺歌流转；骊麓山[③]前，杨妃怀想相思岸。闲窗细语何限，玉楼闻笛管，难诉愁怨。碧水微澜，华清[④]潋滟，怎奈丝连藕断？欢情苦短，泪枕伴朱颜，那堪凌乱。谁念佳人？一声千古叹。

[①] 武则天为保障陆上丝绸之路的畅通，积极收复安西四镇，使唐朝与欧洲的东罗马帝国联系在一起；又通过海上丝绸之路，使唐朝与东南亚、南亚、中亚的国家连接在一起。

[②] 指杨玉环。

[③] 指骊山。

[④] 指华清池。

其二：《相见欢·玄宗梦》

　　清愁不忍离情，枉眉凝。谁道相思暗夜已平明？肝肠断，心魂散，泪泠泠。一枕春宵惆怅梦难凭。

其三：《无题》

　　　　　　又见杨花新柳绿，
　　　　　　华清池畔舞缤纷。
　　　　　　多情总被无情苦，
　　　　　　不是思君是恨君。

其四：《醉花阴》

　　春窗琼枝清夜瘦，别梦幽帘绣。一醉解千愁，凤舞鸾歌，对饮花间酒。帝王玉殿携纤手，月照章台柳。翠黛最销魂，天上人间，明月情依旧。

图片来源：笔者摄于曲阜孔庙

三、《丝路恋歌——卡兰美朵》[①]

　　　　　　壶天新月云河柳，飞镜星光绿绮舟。
　　　　　　箫管菱歌兰夜暖，清风碧水晚花游。

---

① 指四川民族歌舞团创作的音乐剧《丝路恋歌》，描写南方丝绸之路上的恋情。（百度百科网站资料，网址：http://baike.baidu.com/link）

南山不老西山颖，两地伤春别语愁。

逝者如烟何必问，人生处处是风流。

四、《月上贺兰》[①]

驼铃悠远鸣丝路，凤鸟来仪悦雪峰。

轻舞萧韶吟宝鉴，梅妻鹤子话情浓。

五、《咏蔡文姬》

其一：《文姬思乡》

百媚罗裙舞，千娇燕乐鸣。

风霜难寄语，含泪诉幽情。

一世英雄梦，三生紫塞情。

冰轮沉瀚海，汉女问天声！

其二：《卷珠帘·文姬夫人》

明月霜天窗竹瘦，憔悴离人，泪饮红妆酒。魂断南乡悲素袖，寒云行雁书依旧。漫诉流花烟雨后，几度斜阳，愿把春光绣。幽怨不堪抛玉漏，胡笳别恨伤心透。

其三：《燕山亭·文姬月夜梦故乡》

荏苒光阴，浮世几何？一任流年飞度。闲看落红，漫卷芳书，采撷鬓霜无数。和月吟风，更多少、春华秋露。倾诉，往事梦依稀，命由谁主？遥望星汉冰轮，恍若是、云中桂宫仙户。婵娟素女，玉殿纤歌，朱颜镜波轻舞。碧海寰瀛，思乡处、兴怀幽绪。归去！天阙里、朝朝暮暮。

[①] 指回族原创舞剧《月上贺兰》，用艺术语言演绎了在古丝绸之路上，西域青年纳苏与当地姑娘海真相互爱慕，产生了真挚的爱情。也正是这种真爱，超越了民族、信仰、习俗的不同，使这一对恋人，在贺兰山下结为夫妇，繁衍生息。（百度百科网站资料，网址：http://baike.baidu.com/link）

图片来源：笔者摄于济南

六、《观〈韩熙载夜宴图〉有感①》

其一：《水调歌头·夜宴琴女》

　　秋露玉枫恋，北雁唤霜天。白驹不待愁寂，春水付韶年。几许繁华重现，道是荻花正艳，浮世有因缘。运命任谁主？肠断为谁怜？向明月，倾细语，瑞轮圆。怎堪别绪，弦柱寥落欲缠绵。不意娉婷幽怨，一缕琴丝难断。夜宴辰光漫。日日笙歌远，箫管伴愁眠。

---

① 《韩熙载夜宴图》是五代十国时期南唐画家顾闳中的绘画作品，现存宋摹本，绢本设色，现藏于北京故宫博物院。《韩熙载夜宴图》描绘了官员韩熙载家设夜宴载歌行乐的场面。此画绘写的就是一次完整的韩府夜宴过程，即琵琶演奏、观舞、宴间休息、清吹、欢送宾客五段场景。整幅作品线条遒劲流畅，工整精细，构图富有想象力。作品造型准确精微，线条工细流畅，色彩绚丽清雅。不同物象的笔墨运用又富有变化，尤其敷色更见丰富、和谐，仕女的素妆艳服与男宾的青黑色衣衫形成鲜明对照。（参照百度百科网站资料，网址：https://baike.baidu.com/item/韩熙载夜宴图）

其二：《水调歌头·游仙曲》

一寸别思梦，云鬟遣春愁。清风漫舞心曲，人面掩花羞。摇曳琼台烟翠，欢语呢喃莺哢，万屡柳丝柔。画堂款眉黛，何日醉琼楼？问谁解？人未偶，寤寐求。天涯咫尺，依旧漏断意难休。忘却离觞衾冷，点点丝光芳卷，韶岁伴君流。怅望牵兰夜，明月入帘钩。

七、《秦淮李香君》

其一：《汉宫春·香君怨》

绿绮罗裙，曼舞瑶池影，魂梦云扉。琼林风月独好，一缕银辉。眠花妩媚，惹相思、细柳葳蕤。情切切、佳人才子，秦淮河畔相随。

几度幽兰繁露，更平添醉意，无限芳菲。枫桥扇香雅韵，比翼双飞。

星移斗转，夜阑干、清曲徘徊。红烛里、娇莺滴翠，怯羞窗外寒梅。

其二：《双调·碧玉箫——梅恋》

蜡梅春归，花扇绣鸳飞。玉女香闺，青鸟为谁啼？望窗棂月影稀，叹檀郎[①]梦里知。烟雨霏，独饮愁滋味。唉，只叹得人憔悴。

八、《苏蕙传[②]》

其一：《璇玑叹》

　　　　秋阑月上庭前树，满目芳菲映绿杨。
　　　　星夜天舟依簟枕，清风梦影忆情长。
　　　　不堪香锁黄花瘦，忘却春池柳色伤。
　　　　凌乱璇玑千万缕，相逢苦短断柔肠。

---

① 晋潘岳小字檀奴，因其容貌美好，风度潇洒，为当时众多妇女心仪的对象，后世遂以檀郎作为妇女对夫婿或心上人的称谓。

② 璇玑图织锦是由前秦时期才女苏蕙创作并织就，是一件绝世之作。其夫秦州刺史因贪恋宠妾赵阳台而渐渐地断绝了与苏蕙的来往音讯，苏蕙独居日久，悔恨自伤，为了倾诉离别之苦，用彩线织锦成文，制成《璇玑图》。（百度百科网站资料，网址：http://baike.baidu.com/link）

其二：《蝶恋花》

  飞雁秋来霜韵舞，火树斜阳，惆怅相思处。枫叶多情憔悴苦，黄花满地朝还暮。几许春心鸳梦主，曾道幽兰，香溢西风诉。明月云天盈玉户，韶光易逝谁人与？

九、《妹喜好丝》

绝代佳人丽，

霓妆著彩衣，

罗敷晶莹玉，

袅娜竞芳菲。

十、《成吉思汗》

风云叱咤胡天纵，

驰骋高原铁马横。

怒吼元蒙腾虎帐，

战成欧亚鬼神惊。

十一、《京都北韵禅乐[①]赞》

彩彻云衢北韵扬，禅音燕乐凤鸾翔。

杳冥妙指"清江引"，昊宇遥闻"豆叶黄"。

墨客堂前听"迓古"，骚人纸上颂"贞祥"[②]。

"十方"偈语空山处，"六道"轮回净水旁。

唱和华声传法度，丝光霞蔚唤霓裳。

瑶琴月下邀神女，锦瑟溪边释羽觞。

---

① 京都北韵禅乐为北京市级非物质文化遗产。
② 诗词中的引号部分为京都北韵禅乐的曲牌名和佛教术语。

只叹昆仑惊玉碎,谁言塞外泛清商。

无穷大爱新声远,盛世中华万代长。

十二、《丝路友谊颂》

其一:《中塞友谊颂》①

云州袅袅和,水天绕南音。

青山怜弱蕙,皓月映兰馨。

海上银帆动,丝路花雨吟。

妙曲人犹醉,歌歇复锦琴。

蒹葭沐春雨,久旱遇景霖。

管鲍淡布契,钟俞贵如亲。

李白舟行远,汪伦赠暖衾。

长路道珍重,玉声换君心。

别意赋瑶台,离念驻花荫。

海内存知己,天涯若比邻。

韶华匆匆过,感喟泪沾襟。

其二:《赞平山郁夫②》

东海波潋滟,祥音邈金兰。

云天映碧岸,扶桑引航船。

画坛泼翰墨,东瀛有平山。

手持橄榄枝,独钟敦煌苑。

---

① "丝路花语——海上丝绸之路文化之旅"于当地时间 2018 年 9 月 27 日在塞浦路斯首都尼科西亚圆满落幕,这也是该活动继斯里兰卡、马来西亚开展交流的最后一站。(参照腾讯网站资料,网址:https://new.qq.com/rain/a/20181009A)
② 平山郁夫是日本著名画家,原中日友好协会名誉会长,长期致力于敦煌莫高窟的保护与修复工作。(百度百科网站资料,网址:http://baike.baidu.com/link)

毕生写芳春，志笃愈弥坚。

不泯红尘愿，身藏绿祺剑。

丝韵瑶觞伴，中日友情赞。

参考文献

【论著】

1. 林梅村.《丝绸之路考古十五讲》，北京大学出版社，2006年8月版
2. 赵翰生.《中国古代纺织与印染》，中国国际广播出版社，2010年7月版
3. 佚名.《山海经》，岳麓书社，2006年5月版
4. 司马迁.《史记》，中华书局，2013年9月版
5. 广州市国家历史文化名城发展中心等.《论广州兴海上丝绸之路》，中山大学出版社，1993年8月版
6. 班固.《汉书》，三秦出版社，2014年1月版
7. 季羡林.《季羡林谈佛》，中国工人出版社，2009年12月版
8. 米华健著，马睿译.《丝绸之路》，译林出版社，2017年4月版
9. 纪捷晶.《孟子》，商务印书馆，2018年1月版
10. 刘兴诗.《'一带一路'青少年普及读本》，长江少年儿童出版社，2017年9月版
11. 米华健著，贾建飞译.《嘉峪关外：1759—1864年新疆的经济、民族和清帝国》，2017年版
12. 蔡沈注.《四书五经》，上海古籍出版社，1987年3月版

13. 老子.《道德经》，安徽人民出版社，1990年5月版
14. 吴楚材、吴调侯编选，葛兆光、戴燕注解.《古文观止》，中华书局，2008年10月版
15. 吴梅.《词学通论》，复旦大学出版社，2006年7月版
16. 王力.《诗词格律概要》，世界图书出版公司，2008年10月版
17. 杨伯峻撰.《列子集释》，中华书局，2012年3月版
18. 《先秦魏晋南北朝诗》三册，中华书局，1983年9月版
19. 刘长华.《元曲格律新编:曲论·谱·散套》，学苑出版社，2013年9月版
20. 周汝昌等编.《唐宋词鉴赏辞典》，上海辞书出版社，1988年4月版
21. 章培恒等编.《元明清诗词鉴赏辞典》，上海辞书出版社，1994年12月版
22. 萧涤非等编.《唐宋词鉴赏辞典》，上海辞书出版社，1993年12月版

【论文】

1. "妈祖信仰与航标文化"，《珠江水运》，2013年第19期
2. 陈云鸾."解开舀鼎的哑谜——舀鼎综合评释与今译"，《海南师范学院学报》，1989年第2期
3. 王震亚.《甘肃社会科学》1992年第2期
4. 赵丰."秦代丝绸生产状况初探"，《浙丝科技》，1983年第3期
5. 曾昭璇."古代的广州城"，《广州研究》，1983年第2期
6. 张权."宋元时期的西域民族"，《新疆地方志》，2003年第1期
7. 孙占鳌."丝绸之路的历史演变（中）"，《发展》，2014年第6期
8. 张书斋."海上丝绸之路与琼州的开发"，《福建省钱币学会第二次会员代表大会、第五次东南亚历史货币暨海上丝绸之路货币研讨会专辑》，1994年版
9. 谢倩云，温优华."中国古代诗词与蚕桑文化"，《安徽文学》，2007年第5期

【网络资源】

1. 百度百科网站资料，网址：http://baike.baidu.com/link

2. 新华网：网址：www.xinhuanet.com

3. 360个人图书馆资料，网址：http://www.360doc.cn

4. 中国考古网站资料，2015年8月6日版，网址:http://www.kaogu.cn/cn/kaoguyuandi/kaogusuib/

5. 西部网2014年5月5日版，网址：http://news.cnwest.com/content/2014-05/05/content_11095413.htm

6. 道教之音网，网址：http://www.daoisms.org/shuhua/info-22712.html

7. 搜狐网站资料，网址：http://www.sohu.com/a/

8. 河北志愿服务网站资料，网址：https://www.meipian.cn/m8rtk5g

9. "一带一路官网"网站资料，网址：http://www.scio.gov.cn/ztk/wh/slxy/31210/Document

10. 《南方日报》，2014年7月9日版，网址：http://news.southcn.com/zhuanti/jinxings/nfrb/

后　记

　　光阴荏苒，日月不待！波澜壮阔的古今丝绸之路已经伴随我走过了将近一年的时间。在这一年中，我利用工作之余的闲暇时间全情投入，共创作了 246 首诗，48 首词，19 首曲，34 首赋和 1 首长联，共计 448 首作品，歌颂了沧海桑田、长风万里的古代丝绸之路和今天影响深远、具有划时代意义的"一带一路"的辉煌成就。同时也赞美了逐渐走向强盛的中华民族和现实社会中人民群众的美好幸福生活。

　　在这近一年的时间里，我查阅了大量的文献资料，整个创作过程令我心潮起伏、感慨万千！时而辗转反侧、夜不能寐，"衣带渐宽终不悔，为伊消得人憔悴"；时而余兴犹酣、意犹未尽，"长恨春归无觅处、不知转入此中来"；时而魂牵梦绕、荡气回肠，"宸游每出濯龙里，曲宴偏临翔凤中"；时而又有"独上高楼、望尽天涯路、欲寄彩笺兼尺素，山长水阔知何处"的苦闷徘徊；时而更有不经意间竟然"文章本天成，信手偶得之"的酣畅淋漓之感！我期盼读者能够"翩然走进"书中的"诗情画意"、"泛舟钩沉"于丝绸之路的"浩瀚史海"之中，感受丝绸之路宛若"半亩方塘一鉴开、天光云影共徘徊"的多彩绚烂，将"回首沧桑已数番，感怀无尽又何言"的世事多舛之感，与当代中国所取得的不朽功绩的自豪感交相辉映。同时能够领略到：虽然"片墙看破尽、遗迹渐应无"，但是

后 记

当我们慨叹"白驹过隙、逝者如斯"时，似乎可以透过这些诗词，真切地感受到"江山留胜迹，我辈复登临"的畅然快意！

由于本人诗词功底不足、史学水平有限，却不揣浅薄、竟自运笔，况且也难免驾驭不好这样篇幅宏阔而又深远的历史题材，还望各位前辈方家不吝赐教、多多指正！现在就让我以一首感赋作为本书的结尾吧：

《鹊踏枝·庚子年初春感赋》

马立伟

谁道春光抛却早？半世浮生，苍狗云飞鸟。百转千回琴瑟好，流花梦里知多少。爆竹笙歌童叟笑，又换新桃，梅柳芳兰草。把酒屠苏留晚照，清风明月诗难老。